Izibi zaseThekwini

N.S. Zulu

Inoveli yesiZulu

Bhiyoza Publishers (Pty) Ltd

Izibi zaseThekwini

(The refuse of Durban)

Bhiyoza Publishers (Pty) Ltd

Johannesburg, South Africa

Bhiyoza Publishers (Pty) Ltd
PO Box 1139
Ridgeway
2099

Email: info@bhiyozapublishers.co.za
www.bhiyozapublishers.co.za

First edition, first impression 2018
ISBN: 978-0-620-81263-4

Cover design: Yanga Graphix (Pty) Ltd
Layout and typeset: Yanga Graphix (Pty) Ltd

i. Umbhali:
N. S. Zulu

ii. Ikheli:
School of Arts, College of Humanities, University of KwaZulu-Na-
tal, Durban 4001

Imeyili: zulun@ukzn.ac.za. Inombolo yocingo 082 864 3130

iii. Umbhalo: Inoveli yesiZulu

iv. Isihloko senoveli:
Izibi zaseThekwini

Okuqukethwe

		Ikhasi
1.	Isahluko 1	1
2.	Isahluko 2	5
3.	Isahluko 3	19
4.	Isahluko 4	29
5.	Isahluko 5	36
6.	Isahluko 6	39
7.	Isahluko 7	48
8.	Isahluko 8	57
9.	Isahluko 9	60
10.	Isahluko 10	65
11.	Isahluko 11	74
12.	Isahluko 12	86

Isethulo

Le noveli yesiZulu, *Izibi zaseThekwini,* iqala ukulanda indaba yayo phakathi nendawo ngoba kuzwakala kahle ekhasini lokuqala ukuthi kuningi esekwenzekile umfundi okusazofanele akwazi. Umlingiswa oqavile, uDeliwe, usenkingeni nezingane zakhe ezimbili ebusuku eBerea Centre eThekwini. Umfundi uyakuthola uma eqhubeka nokufunda indaba ukuthi lona wesifazane osenkingeni nezingane zakhe ezimbili, baphuma ePhuphuma, emakhaya eMsinga, esifundeni saKwaZulu-Natali. Lona wesifazane useThekwini ngezizathu ezimbili: uphume ngesamagundane bexabana nabasemzini lena ePhuphuma, kanti okwesibili ufuna umyeni wakhe okukudala wanyamalala. Umyeni wathi uthole umsebenzi eThekwini, emoli es- eBerea Centre, kanti futhi ujwayele ukudla eNandos yakhona lapho. Umfundi uthola ukuthi uDeliwe usehlale usuku lonke kule ngxangx- athela yezitolo eduze kwaseNandos ngethemba lokuthi uzomthola lo umyeni wakhe, kodwa lutho.
N.S. Zulu

Isahluko 1

Ngimbone lo mkhulu omisa imoto yakhe lapha eduze kwethu. Ngi-cabange ukuthi kungenzeka lo mkhulu asiphe ukudla. Ubonakala ebusweni nje ukuthi unoxolo kanye nomusa. Ubonakala esekude ukuthi ungumuntu wabantu. Ngibe nethemba lokuthi usizo selu-fikile manje. Nangu umsizi wethu efika. Kodwa ngalesi sikhathi? Kusobala ukuthi naye lo mkhulu ikhona into asafuna ukuyithenga ngaphambi kokuthi izitolo zivalwe.

Indlala isisibulele, ukudla sikugcine izolo ekuseni ePhuphuma, ePhomoroyi. Asinamali yokuthenga okuya ngasethunjini. Akukho okunye esingakwenza ngaphandle kokucela kubathengi. Abafuni nokuzwa nje ukuthi uthini uma bekubona ukuthi uzobacela. Abantu abathenga lapha eBerea Centre bathi sebekhathele ukucelwa ukudla njalo nje uma bephuma ezitolo.

Asibheke isikhashana uma eqeda ukuphuma emotweni, maqede eze kithi. Ngafikelwa lithemba lokuthi ukudla sizokuthola manje. Ake ngithandaze ngenhliziyo. Isikhathi sokucela kongabonwayo manje, yena onamandla okwenza konke kube yimpumelelo.

Nembala ngathandaza, umthandazo omfishane, onamandla.

Akangisize impela lo mkhulu wemoto. Ingiphethe kabi impela le nto yokuthi sekuze kuyavalwa ezitolo ngingalutholanga usizo ng-isho koyedwa umthengi lo. Sekukubi kakhulu. Nalezi zingane sen-gathi ziyabona manje ukuthi ithemba lokuthola ukudla lishabalele. Le yentombazanyana isikhala kakhulu, lokhu okungidinayo ngoba ilokhu ifunana nalo gogo wayo esisezinkalweni nje ngenxa yakhe.

"Ngifuna ugogo!"

"Umyisaphi ugogo? Akekho nje lapha."

"Azongipha ukudla, ngilambile!"

"Thula-ke Nonoza!, sizohamba kusasa siyobona ugogo. Uzokupha amasi amnandi. Uyezwa?"

"Ngifuna ugogo!"

"Ugogo uzokuthengela amaswidi amaningi, uyezwa? Futhi akuphe inyama, akuphe nemfe, akuphe ne...." Yakhala kakhulu kunakuqala manje le ngane.

1

"Habe! Kunini ngikuncenga ukuthi uthule ngane ndini? Kungcono manje ngikushaye izinqana lezi khona uzokhalela into ekhona. Iyangithukuthelisa le nto yakho yokuthi uma ulambile ukhalele lo gogo wakho ongiphathise okwesigqila emzini wakhe. Thula!" Akathuli. "Ngifuna ugogo!"

"IIheyi wena! Thula! Kunini ungifundekela ngalo mthakashana ongugogo wakho? Thula! Uthi ukudla ngikuthathephi mina lapha? Uphi yena lo gogo ndini wakho lapha? Umbonaphi?"

"Ngifuna ugogo!"

"Ha! Kwanele phela manje." Ngikhwele phezu kwakhe. Vuthu! Vuthu! Vuthu! "Thula wena! Thula!"

Unenkani, ngakho-ke akathuli. Usafuna ugogo wakhe. "Umfuna kimi? Le nkani yeselesele izophela khona manje. Thula!" Vuthu! Vuthu! Vuthu! Iyaklabalasa manje le ngane.

"Thula wena, ngizokuphinda uma ungathuli." Ngibone sekwehla izinyembezi kimi. Kukhala mina manje, ngize ngizibuze: kodwa ngiyishayelani nje le ngane ngoba ngiyazi ukuthi ilambile ngempela?

"Ngifuna ugogo!"

"Kodwa yini le ngane ifune ugogo wayo uma ilambile? Thula wena! Ngingaze ngikuphinde futhi. Ukhalelani? Thula! Utefa kabi wena: buka umfowenu akanyimfiki njengawe, uzithulele. Thula!" Ngikhwele kuye futhi. Ngimshaye, ngimshaye, kuze kube buhlungu isandla sami. Akhale kakhulu kunakuqala. Kuphume abantu laphaya etshwaleni eZigzag, babheke ngakithi. Ukungibheka kwabo kabi kuyakhuluma: nangu umama ebulala ingane sibhekile bo! Ngabe ekabani le ntandane eyaphiwa lo mama ozoyibulalela lapha eBerea Centre ebusuku? Kube sengathi basho njalo. Ngembathwe amahloni. Phela thina makhosikazi sidume ngokuzonda izingane zamanye amakhosikazi, kodwa sibe sibazi kahle ubunzima bokubeletha ingane.

"Hawu malokazana, yenzeni le ngane?" Kubuza lo mkhulu wemoto. Ngiswele impendulo. "Ngiphe yena lo mzukulu okhalayo. Kungcono ngimthathe ngiyozikhulisela yena lena emakhaya." Abheke lo mfana wami. "Noma ngizithathele lo mfanyana omuhle ayolusa izimbuzi zami? Awumbheke nje uziphethe kahle kanjani, yena akakhali."

2

Ukhuluma sakudlala lo mkhulu.

Athule lo okhalayo uma kunconywa umfowabo ongakhali.

Kuthule cwaka, kule ndawo. Azibhekisise lezi zingane lo mkhulu, agcine ngokubuza: "Le ntombazanyana ekhalayo ngabe ilambile?" Aziphendule, "Yebo, ilambile." Athulathule, abe esethi. "Zilambe ngempela lezi zingane malokazana. Zikhaliswa yindlala."

"Kunjalo mkhulu." Ngisule izinyembezi. Abone lo mkhulu ukuthi usheshe wangena izindaba ezinzima kuqala. Abuyele kwezilula. "Ungipha yiphi ingane kulezi ezimbili? Mina ngizithandela lena ekhalayo." Akhombe le ntombazanyana yami sakudlala. "Wena uzodla amasi amnandi lena kwamkhulu. Uzokhula ube mude njengendlulamithi, uyezwa?"

Anikine ikhanda lona okhonjwayo.

"Vuma phela Nonoza, umkhulu uyadlala nje."

"Mina ngifuna ugogo!" Ngenhliziyo ngathi: Wo hhe! kwaqala futhi lokho. Ngivale indaba yalona ofuna ugogo wakhe ngokuthi, "Hhayi, mkhulu wezingane zami, mthathe impela lona otetemayo. Ngabe ungisizile, uyahlupha."

"Ngifuna ugogo mina."

"Umkhulu uthi ufuna ukuhamba nawe uyohlala kwakhe. Uyafuna?"

Anikine ikhanda futhi, akafuni. Akhale kakhulu. Nkosi yami, ngithandaza ngenhliziyo manje, angaqali lesi sililo sakhe futhi lo mntwana. Hhayi phambi kwalo mkhulu onobubele kangaka. Phela selokhu ngifikile nje lapha, kuyaqala ukuthi kuze umuntu kimi obona ukuthi ngihluphekile. Abaningi bahambela kude le.

"Thula phela Nonoza. Ngizokuthengela amaswidi." Sengincenga ngenhliziyo enethemba. Ngithandazela ukuthi ukukhala kwale ngane kungangimosheli izinto zami engizibona sezihamba kahle kangaka. "Thula wena Nonoza kamama, umkhulu uzokuthengela amaswidi."

"Angiwafuni amaswidi, ngilambile mina. Ngifuna ukudla." Washo umntanami ngasikwa isisu ngokushesha. Ngimesule izinyembezi.

"Zilambile lezi zingane. Yindlala impela lena ezikhalisayo."

"Nkosi yami, unzima lo mthwalo wethu thina makhosikazi alahlwa amadoda! Kunzima kakhulu uma uyisifazane uhlupheka wedwa nezingane."

"Kunjalo. Lobo bunzima buyabonakala kulezi zingane." Uyangibona lo mkhulu ukuthi ngihluphekile.

"Kuhle uma uzibonela nawe mkhulu, ungezwa ngami. Zilambile lezi zingane zami. Azikwazi nje ukuthi ukudla kuyini namhlanje. Izolo zilale ngendlala, savuka sabamba indlela zingadlanga."

"Uyabona izitolo seziyavalwa malokazana? Kuzobe kungasaphephile kule ndawo emuva kwaleso sikhathi." Wadlalidlalisa le yomfanyana, kodwa uyazibonela nje naye ukuthi ayinamdlandla.

"Siza mkhulu, insika iwile. Uma ungatholela abantabami isinkwana nje. Hawu, Nkosi yami! Bangalali ngephango abantabami." Ngazibona sengisula izinyembezi futhi. Ngikhuthazwe ukuthi uyaluzwa lolu sizi olungikhungethe lo mkhulu.

"Ngizobaphathela isinkwa nobisi." Athulathule lo mkhulu, maqede asazise ukuthi ungubani.

"Mina nginguDeliwe, mkhulu. NguNonoza lona okhala njalo. Umfowabo lona oziphethe kahle nguSpha. Umyeni wami esimfunayo nguThabiso. Kazi ukuphi ngikhuluma njena. Lo mahlalela akazi nje ukuthi izingane zakhe zondliwa ngubani." Ngithule isikhashana ngibheke lezi zingane ezingixakile. "Akusenandaba noma ungabatholela isinkwa nje kuphela mkhulu, babambe umoya. Okuncanyana nje ongabazamela kona."

"Ngizwile, ngane yami. Ngilinde lapha, ngiyabuya khona manje." Ngokusho njalo nje, angikhulule emoyeni lo mkhulu wabantu. Angene ePick 'n Pay lo mkhulu.

Unozwelo bandla lo mkhulu, bengithi sebaphela abantu abanobubele lapha eThekwini. Ngisho phela ngoba kusukela umshayeli wetekisi esishiye lapha emini, akekho nje noyedwa okhombise ukuba nozwelo. Ha, mntanomuntu! Ubunzima bungikhungethe namhlanje! Ngisule izinyembezi.

Isahluko 2

Aphume ePick 'n Pay umkhulu uMzimela esesiphathele ukudla. Asinike, sidle nabantabami. Ahlale eduzane nathi. Unemibuzo eminingi ebusweni, kodwa sengathi ufuna sidle kuqala, abuze sesidlile. Nembala, wagcina ebuzile, "Malokazana yini ube lapha ezitolo ebusuku nezingane ezincane kangaka? Ukhona yini enimlindile, ngisho ozokulanda? Noma wemukile emendweni?"

Ngiswele impendulo. Ngingazi noma ngimtshele iqiniso lonke yini umkhulu uMzimela noma ngikhe nje phezulu ngoba empilweni kukhona izinto umuntu afa nazo zimudla ngaphakathi, izinto eziyisifuba sakhe yedwa athi noma ezikhuluma alinganise nje ngazo, angaphumeli obala.

"Kwenzenjani malokazana? Inzima kakhulu yini indaba yakho? Weqile?" Ukuba manqikanqika kwami uyakubona umkhulu uMzimela. Ngizoyiqala kuphi kodwa le ndaba?

"Ngizokukhela yona phezulu nje le ndaba, mkhulu. Kudala ubaba walezi zingane wahamba ekhaya. Ngifuna yena nje. Wahamba njengomuntu oya emsebenzini, lokhu okujwayelekile nje emakhaya, njengomuntu ozobuya njengabo bonke abantu abasebenza eThekwini ngamaholide, kodwa akaze wabuya. Wahamba ijuba likaNowa kuze kube yinamhlanje. Ngizitshele ukuthi ngizomfuna ngize ngimthole. Nganginethemba lokuthi ekugcineni ngizomthola. Lishabalele-ke manje lelo themba lami, ngikhungethwe yindumalo. Ilanga lize lashona phela ngehla ngenyuka nezitaladi zeTheku ngifunana naye. Ngiyaqala nje nokuza lapha eThekwini. Angazi nokwazi ukuthi uhlala kuphi. Anginalo ngisho ikheli lakhe. Kwathiwa uhlala lapha eBerea. Hhayi! Wathi uhlala eBerea."

"Uthi, kwathiwa?"

"Ah! Ngizothini manje? Wathi usebenza eNandosi, eBerea Centre, kodwa sasizixoxela nje ekhaya, ngisanda kwenda. Kwakungathi uzongilanda uma esethole indawo ekahle, ngizohlala naye lapha eThekwini. Yaphelela lapho leyo ndaba. Sekuyiminyaka manje ahamba."

"Ungamfuna kanjani umyeni wakho lapha eThekwini ungenalo

ikheli lakhe?"

"Kube nento nje kimi ethi ngizomthola. Manje nakhu angimtholi. Ngidumele. Ngiphelelwe yimali, anginalutho nje olungangisiza lapha. Lokho kwenza kube nzima ukumfuna."

"Kuzoba nzima ukumthola uma ungenalo ikheli lalapho ehlala khona. Ukuba umtshclilc ukuthi uycza, ngabc uhambo lwakho lubc lula kakhulu. Uma utheleka nje endleleni uya endodeni, uzofika lapho ihlala khona kusabeka yizibi, kumadlakadlaka. Uma umyeni wakho azi ukuthi uyeza, uyashanela, uthole indlu yakhe ihlanzekile, iphole kahle, futhi inuka iphunga elimnandi, elikwamukelayo."

"Ngiyezwa mkhulu. Sengilapha-ke, akusekho ukuphindela emuva. Anginendaba nezibi zakhe, into nje engiyifunayo nguye uqobo lwakhe."

Athule umkhulu uMzimela, angibuke ubuwula. Ngizwe esethi, "Amadoda kuyenzeka ahlale ezibini emiqashweni ngane yami. Kunzima ukuyofuna umsebenzi uma uyindoda, ubuyele ekhaya ulambatha."

"Akusiyo-ke into engamhlalisa ezibini leyo mkhulu. Amanuku athanda izibi. Umyeni wami uyinono, uhlala endaweni ehlanzekile. Akaxovi udaka njengengulube."

"Ukungahlali ekhaya kuyenza inuku indoda," kusho umkhulu uMzimela. "YiTheku leli. Liyawashintsha amadoda."

"Indoda ezithandayo ayihlali ezibini noma yikuphi. Kukhona-ke izingulube ezithanda udaka. Eyami indoda iyinono."

"Usemncane ngane yami, kuningi osazokubona lapha emhlabeni."

"Usho ukuthi nowami umyeni ubanjwe yizo lezi zibi zaseThekwini okhuluma ngazo mkhulu?"

"Asethembe ukuthi uyashanela. Uma kunjalo-ke, uzothola indlu yakhe ihlanzekile, nijabulelane."

"Kunjalo mkhulu. Uzojabula kakhulu uma ebona sengithi nje qathatha! Wo-hhe-e-e! Isithandwa sami madoda. Ngangimthanda lo mntanomuntu ngalezo zikhathi. Kanti uyangikhohlisa nje ulova. Amadoda amanje anenkohliso kodwa, mkhulu. Umshado weqiniso uphelile manje."

"Usekhona," kusho umkhulu uMzimela. "Ukhona impela. Angingabazi nakungabaza."

A-wu-se-kho! Ngigcizelela ngaphakathi. Le ntukuthelo enginayo iyangidla manje. Sengiyikhiphela kulo mkhulu. Ngizizwe sengithi: "Owami umyeni uzojabula uma engibona." Kodwa ngizwe ukuthi sengimane ngiyaziduduza nje, leli nxeba elisenhliziyweni yami selopha ngamandla manje. Sengike ngiphathwe isiyezi engingasizwa kahle.

"Kodwa sesiside lesi sikhathi engekho ekhaya lo myeni wakho. Uthemba ukuthi uzokujabulela?"

"Uzojabula owami umyeni uma engibona," ngiyagcizelela. "Kufanele ajabule kakhulu impela, mkhulu uMzimela. Yini engamenza angangijabuleli?" Sengikhuluma ngedwa manje, ngiyadlinza. Kungcono nje ngoba kukhona ongilalele ngiphalaza leli hlule elisenhliziyweni yami eyophayo.

"Kufanele ajabule impela malokazana." Ngizwe nje ukuthi naye umkhulu uMzimela usecula le ngoma yami ukuze ngithobeke inhliziyo. "Owami umyeni uzojabula kakhulu, mkhulu." Ngizwe ukuthi ngisho ngokuzethemba, kodwa sigobhoze futhi lesi siphethu sezinyembezi.

"Kodwa sesiside kakhulu isikhathi nahlukana malokazana. Ungayilindeli le njabulo okhuluma ngayo. Mhlawumbe akumangalele nje umkhwenyana uma nibonana."

Ngizwe umkhulu uMzimela ekhuluma okomuntu ongibuka ubuwula. Angisiso mina isiwula. "Hhayi mkhulu, uzothokoza umyeni wami, ikakhulukazi uma ebona le ndodakazi yakhe. Akayazi, wahamba ngiyithwele, uzoyijabulela." Ngizwe nginenjabulo engibangela isifuthefuthe uma ngicabanga injabulo yomyeni wami ngenkathi ebona le ndodakazi yakhe okokuqala. Ave ifana naye bandla! Kodwa yini angezi ukuzoyibona?

Akasasibheki manje umkhulu uMzimela. Uyacabanga, mhlawumbe ufuna ukusinika indawo yokulala, kodwa wesaba ukufaka imamba endlini. Kuthiwa ziningi izinyoka lapha eThekwini.

"Usho ukuthi njengamanje lo myeni wakho uhlalise okwempohlo lapho ehlala khona?"

"Angazi." Ngizibuze ukuthi ufuna ukuthini lo mkhulu?

"Uqinisile, awazi."

"Kodwa ngeke ngimangale nakancane uma umyeni wami ngimthola ehlala nonondindwa. Kuthiwa kwandile nje ukukipita lapha eThekwini, umkhuba wakhona omdala. Kukipita ngisho nezalukazi imbala. Naso lesi salukazi sakwami kuthiwa sasikipitile lapha. Yini-ke entsha engizoyithola uma ngifika ngingalayezanga?"

"Asazi. Izinto ziningi lapha eThekwini. ITheku nalo lishintshile. Elamanje alisefani nelangezikhathi zethu. Thina sasihlala ezindaweni ezahlukahlukene. Namhlanje kuhlalwa emafulethini." Kusho umkhulu uMzimela.

Kodwa yini engizwisa ubuhlungu kangaka lo mkhulu ngale nkulumo yakhe?

"Uqinisile uma uthi iTheku lishintshile. Ngalesi sikhathi ngifuna umyeni wami, kukhona abathe kulesi sikhathi amadoda axhaphakile eThekwini, atholakala kalula njengobhanana. Ngeke ngimthole. Sebemthathile. Ngiyadlala nje uma ngimfuna."

"Baqinisile."

"Nginandabani mina ngamadoda okuthiwa axhaphakile eThekwini? Eyami indoda mkhulu akusiyo enye yala madoda axhaphakele abesifazane baseThekwini."

"Asazi. Uyazi wena?"

"Ngiyazi." Ngizizwe sengithi, "La madoda axhaphakile eThekwini asishiya emakhaya sidonsa kanzima, siphila ngezicukwane nezijingi zamabhece, kodwa laba bantu besifazane abaxhaphakelwe amadoda ethu bebe bedla nawo kamnandi, bethengelwa amaNandosi namaKhentakhi." Ngibindeke. Yini ngibe nentukuthelo engaka namhlanje? Ayikaze ibe ngaka selokhu ngifike lapha.

"Isimo sakho sibuhlungu malokazana. Uma ufika ekhaya uthathe izincwadi zakho, ubuyele esikoleni, usemncane kakhulu ukuthi ungacekeleka phansi ngalolu hlobo. Lo mshado wakho uphelile. Akusekho mshado lapha."

"Ngangimfunani lo mahlalela? Ngiqinisekile ukuthi uyahlalela nalapha eThekwini. Ngeke asabe ukuzobona izingane zakhe uma esebenza into ecacile."

"Sesiside nokho isikhathi wenda malokazana. Izinto kungenzeka ukuthi sezishintshile phakathi kwakho nomyeni wakho. Zinjalo izinto zomendo."

"Kwakungesiwo nomendo ocacile nje loya mkhulu. La madojeyana amanje adlala ngathi nje. Sengathi kwalona lobolo lelo abasalazi nje nokuthi liyini. Izingane zethu zizogcina sezilotsholwa ngamaselula. Umuntu wakhona ukucela ngemadlana engenzi ngisho nenkomo eyodwa vo! Uyasuka-ke lapho akasapheli ekhweni sengathi manje udla le madlana yakhe. Isonto nesonto umbulumakhasana usekhweni. Phela umkhwenyana onjalo uze avutshelwe amasi ngoba sekuphele lezi zinkukhu azihlatshelwa isonto nesonto."

Sengikhuluma kakhulu. Ngiyathemba lo mkhulu usecabanga ukuthi aziphelelanga kahle lapha kimi. Awuthi ngithule. Ngibone ukuthi sesifikile manje isikhathi sokucela indawo yokulala. Ngishaywe uvadlwana oluncane, kodwa ngiqunge isibindi, "Into enkulu khona manje mkhulu, ukuthi abantabami bathole indawo yokulala. Ngicela futhi uma ungakwazi, ungiphe imali yokulala ethilomu. Ngizohlukumezeka kakhulu ngokulala phansi kwezihlahla nasemakhoneni nezingane ezincane kangaka."

"Uthi ufuna ukulala ethilomu?"

"Yebo. Akuphephile neze ukulala phansi kwemithi? Ithilomu liphephile."

"Zikhona izindawo zokulala abantu abantula njengawe. Bazibiza ama-night shelter. Kodwa nazo zinezinkinga zazo." Athule isikhashana, bese ethi, "Kudala ngagcina ukulizwa lelo gama lethilomu. Uma ngikhumbula kahle ngaligcina ngiseyibhungu lapha eThekwini." Ukhululekile nje lo mkhulu, kodwa uyacabanga. "Imali yokulala emathilomi anginayo lapha kimi okwamanje. Bengiphuthuma into encanyana nje ngaphambi kokuba kuvalwe ezitolo. Nekhadi lami lasebhange ngilishiye ekhaya. Angiliphathi ebusuku. Le ndawo inobugebengu kakhulu. Uqaphele impela nawe." Athule, ngibone ukuthi uyacabanga. Ngizwe esethi, "Kwenzekeni kahle hle emendweni wakho malokazana? Ngibuza ngoba ngicabanga indlela yokukusiza, kodwa nginezinsolo nje zethu thina osekukudala sibona imihlola yalapha eThekwini."

"Kunzima ukutshela umuntu oqala ukumbona izindaba zakho zonke, mkhulu."

"Khululeka ngane yami. Kungenzeka ngikusize, kodwa ngiyathand-abuza."

"Ayikho enye indaba ngaphandle kwalena yokungabuyi komye-ni wami ekhaya. Nasekhaya bakhathazekile impela ngokungabuyi kwakhe emsebenzini. Ugogo walezi zingane sewakhala zaze zoma. Uthi kukhona abathakathi ababhungukisa ingane yakhe. Uma se kumsukile, uke akhombe abantu balo muzi ongemuva kwasekha-ya, athi abakhiphe izikhonkwane zabo ukuze umntanakhe abuyele ekhaya. Yingani bamenza anyanye ikhaya lakhe, kodwa ezabo iz-ingane zibe ziya, zize zibuya eThekwini? Lo wakhe bathi angabuyi ngoba kwenzenjani?"

"Mabi la magama awakhulumayo."

"Nabo labo abakhombayo ibaphatha kabi le ndaba. Uyabathuka nja-lo nje lo gogo uma esephuzile. Uyaphuza bo! Umphakathi wendawo waze wathi akayekwe enjalo ngoba useyisidakwa nje sendawo. Bona bakhathele amacala akhe. Abamboni yini lo gogo ukuthi useyam-pompa? Sebeyophumula mhla efile."

"Kukhona okushaya amanzi lapho. Uthi angaphikelela nje lo gogo ukuthuka omakhelwane bakhe kungekho sici?"

"Angazi!"

"Uqinisile. Abakhiphe izikhonkwane zabo, umkhwenyana wakho abuyele ekhaya."

"Akunazikhonkwane zalutho lapha. Wenziwa ubuhlalela. Kufanele ukuthi sewaphenduka umahlalela."

'Kodwa ulinyaniswa yini pho ikhaya lakhe? Ahluleke nje nokubole-ka iselula yomunye umuntu, anitshele ngokushesha ukuthi usaphi-la, kodwa usabanjwe ukuthi nokuthi? Awuboni likhona iqiniswana kule ndaba kamama wakhe?"

"Lokho-ke angeke ngikwazi. Sesaya ngisho kubathandazi ukuthi bathandaze abuye ekhaya, kodwa kunhlanga zimuka nomoya nje. Saya ezayonini ukuthi zihlole le nto embambe kangaka eThekwini, noma lena emenze walahla ikhaya, kodwa akuveli lutho. Izangoma nazo sezachitha amathambo, kodwa aziphumi naqiniso. Nosiyavu-ma sebasivumisa amanga saze saphelelwa yithemba."

"Izinto zomhlaba ngeke sizazi zonke. Zikhona ezifihleka nakulabo abathi babona lapho thina singaboni khona."

"Lena yobuthakathi iseceleni. Lo gogo yena ungumuntu ongakwazi nje ukuhlala kahle nabanye abantu."

"Baningi abantu abanjalo."

"Mina-ke wangisukela nje ngisengumakoti, nginosuku olulodwa nje vo! Ngifikile emzini wakhe. Wakhwela wazehlela kimi. Akakhuzwa."

"Uhlala kabuhlungu emzini uma uhlala wethukwa ngazo zonke iz-inhlamba lezi."

"Bengihlezi phezu kwembawula ishisa uqobo lwayo. Lo gogo uqale athi kimi, uma sekumsukile: "He-e-e, ntombi! Ake ubheke nje aba-fazana bale mihla! Uhleli nje umntanomuntu uthe dekle! Kodwa akazi nokuthi indoda yakhe ibanjwe yini eThekwini. Uziphathisa okwenkosikazi engazi nje nokuthi lidumephi ngendoda yakhe. Mina ukube ngeyami le ndoda engabuyi, ngabe kudala ngaya koyifuna, ngibuye nayo ihlale lapha. Indoda iyalwelwa, makoti. Ngeke wenabe nje kamnandi, uthwishile imilenze lapha ekhaya, uthi ngeke bay-ihlwithe indoda yakho eThekwini. Hamba uyofuna indoda yakho mfazi ndini." Asho sengathi yinto elula nje. Ngibonile-ke namhlanje ukuthi akunjalo."

"Wayeqinisile lo gogo uma ethi indoda iyalwelwa. Ngikhona man-je eMdubane. Ngilwela indoda yami. Ngiphikitha ifulethi nefulethi, umuzi nomuzi. Ngizoze ngiyithole." Ngisule izinyembezi. "Owami umyeni ngizomfuna ngize ngimthole. Ngeke nje ngihambe lapha ngingamtholanga. Ngizomfuna ngesikhulu isineke lesi. Angijahile neze."

"Bazokubulala lapha eThekwini uma ungena uphuma ngenkani emafulethini nasemizini yabo."

"Ngiyakwazi ukulwa nami, mkhulu. Umasihlalisane waseThekwini ngizomshaya ngesibhakela, amafinyila aphonseke phezulu. Angisi-yona into yokudlala phela mina. Bangisize bangalinge nje balwele indoda abathi bayithole kalula njengobhanana waseThekwini."

"Enye into, lo myeni wakho uzomfuna ngegama lasePhuphuma un-gamtholi, ngoba phela la masoka enu azishintsha amagama uma efika lapha eThekwini, uzwe bebizwa ngoSpha, ngoSdu, ngoSlu, ngoSlo, ngoSbu - la maganyana enu esimanjemanje afingqwayo."

Athulathule, maqede abuze futhi. "Uthi uzomthola-ke uma kunje-na?"

Kwasengathi ungihlaba ngameva ngamabomu lo mkhulu. Ungizwisa ubuhlungu impela manje.

"Ngizomthola." Ngisule izinyembezi.

"Usho njalo? Uzobe unenhlanhla uma ungamthola. Kuzofana nokuthi uthole inalithi ebumnyameni."

"Hhayi, ngizomthola." Ngizama ukumvala umlomo lo mkhulu. Angisafune kuzwa lutho oluzongiphatha kabi futhi. "Ngizofesa. Ngizohlala ezitaladini lapha njengalaba bantu besifazane abahlala khona nezingane, ngibhekisise wonke umuntu odlulayo. Uzodlula lapha ngelinye ilanga, ngimthole ufeleba." Ngisule izinyembezi.

"Ngiyabona manje ukuthi la makhosikazi ahlala emigwaqweni nezingane asuke ezofuna amadoda awo. Angahlalelani nje emigwaqweni nezingane kungekho akufunayo? Afuna oyise balezi zingane abangazondli."

"Ufuna ukwenza njalo nawe?"

"Ngempela, futhi akukho okunye."

"Musa ukuvumela inhliziyo ikufake obishini. Cabangela lezi zingane ezingenasono. Azifuni zona ukuhlala ezitaladini nonina, zilale phansi kwemithi nasemakhoneni." Athule isikhashana ebheke lezi zingane ezidlayo. "Uyizwile le ngane efuna ugogo wayo osekhaya? Iyakutshela ukuthi ngeke yona ikubekezelele ukuphila emigwaqweni. Ulilalele lelo lizwi layo, noma lilincane kangakanani. Ungayishayi. Ngikubonile uyivithiza."

Ngiyizibe leyo. Ngibuyele kweyomyeni wami owaphelela emahlathini aseThekwini. "Kunini ngamlinda uyise walezi zingane! Sengiphenduke inhlekisa emendweni."

"Vele ugwinye itshe ngane yami, phela unzima umendo."

"Alisagwinywa itshe kulezi zikhathi zethu, mkhulu. Lagcina ngomama nogogo." Ngisule izinyembezi." Kodwa ngiyamkhumbula uyise wezingane zami. Ngibulawa yinkumbulo, mkhulu. Hawu! Kanti unjena umhlaba? Le ngane akayazi nokuyazi lo mahlalela. Akabuzi nokubuza nje ngayo. Yini into eyenza angabuyi ekhaya, mkhulu? Uthi lezi zingane zakhe zidlani? Uthi zidla udaka njengemisundu?"

12

Kuthuleke. Ngibone ukuthi sengikhulume kwaze kweqa. "Lo bhuti engifike naye ekuseni lapha, akangibuzanga imibuzo eminingi uma ngimcela ukuthi angise ezindaweni ezithize ngiyofuna umyeni wami khona. Uhlukile nje kunabantu abaningi balapha. Abantu balapha bangibuza ngengamafokisi. Abanye bangibuka njengomuntu ongaphilanga kahle ekhanda uma bezwa le nsumansumane yokuthi ngifuna indoda yami engasabuyi ekhaya. Kukhona abathi abayikholwa nezeneze nje le ndaba yami. Abanye bathi akuvamile ukuthi umuntu wesifazane kulezi zinsuku zamaselula angamane atheleke nje eThekwini, ngoba enenkinga emzini. Yini ngingayanga ezihlotsheni zami uma nginezinkinga emzini, bayabuza. Akasekho manje owesifazene osagijimela endodeni angazi ukuthi ihlala kuphi uma enenkinga nomamezala wakhe."

"Uphendula ngokuthini-ke wena?"

"Abazi lutho ngempilo yami. Akusibona bonke abantu abagijimela emindenini yabo uma bexakwa yizinto zasemzini. Anginayo nje mina leyo mindeni. Babusisiwe labo abanayo. Abokwazi kodwa ukuthi bakhona abangenayo. Abanye abanayo ikhona, ngoba abezwani, abahambelani."

"Uqinisile."

"Ngiqinisile, mkhulu. Awekho amanga engingakutshela wona ngingakwazi."

"Ngiyakukholwa ngane yami."

"Kukhona abathi yini ngingathungathi le ndoda yami ngabakwaKhumbul'ekhaya? Bathi le ndoda ndini angiyifake kwaKhumbul'ekhaya, labo bazoyithungatha baze bayithole. Bawathola kanjani amadoda abalekela imizi yawo? Bathi mina engifanele ngikwenze nje kuphela, ukubhala incwadi ngenkinga yokunyamalala komyeni wami, ngiyiposela kwabakwaKhumbul'ekhaya, bona bazokwenza umsebenzi. Noma yikanjani bazomthola."

"Pho awukwenzi yini lokho kulula kangaka?"

"Mkhulu, kudala ngakwenza lokho. AbakwaKhumbul'ekhaya bamfuna baze bancama. Baningi abadukelene nemindeni yabo abangabatholi. Kukhona futhi abaduka nezwe ngendlela abenza ukuthi umkhondo wabo ungathungatheki. Basemaweni."

13

"Kunzima emhlabeni."

"Ha! Emhlabeni mntanomuntu! Kukhona-ke abazi kakhulu lapha, laba abathi kwenzeka kanjani ukuthi ngingazi lapho indoda yami is-ebenza khona. Yiziwula kuphela ezifunana namadoda azo eThekwi-ni, zibe zingazi kwanhlobo ukuthi ahlala kuphi. Ngingumfazi onjani ongazi lapho indoda yakhe isebenza khona? Yini ngiziphathise kwa-la bogogo basemandulo kodwa izinto zokuxhumana zamanje sezip-hambili kangaka?"

"Bayaphoxa nje labo."

"Basho njalo kube sengathi bazi kahle ngokuhlukana kwethu nomy-eni wami, futhi bazi nezihlobo zakithi."

"Abazazi"

"Lo lova ndini wangikhohlisa ngokuthi uhlala emqashweni eBerea, usebenza eBerea Centre . Ngathi ngiyeza khona lapho emqashwe-ni eBerea, wangivimba ngokuthi usalungisa indawo engcono lapho sizohlala khona ngokunethezeka nezingane zami. Ngavuma. Uyabo-na ukuthi lawo kwakungamaqhinga nje wokuthi ngingazi ukuthi uhlala kuphi lapha eThekwini, nokuthi ngingayazi impilo ayiphilayo. Kazi uphila impilo enjani. Mhlawumbe sewaphenduka ugalakajane nje." Kufike izinyembezi emehlweni.

"Nxese ngane yami. INkosi iyazibona izinyembezi zakho."

"Wathi usebenza eNandosi, lapha eBerea Centre. Sengabuza khona ngezigncingo ngaze ngakhathala. Abamazi. Akekho noyedwa oma-ziyo uma ngibuza ngezingcingo. Kuqala ngangithi bayadlala, ngabe-lesela ngezingcingo ngifuna baze bangitshele iqiniso. Lutho! Makha-thaleni ngezwa ukuthi sebediniwe yimi, abazenzisi, sebazi ngisho nelizwi lami ngisabingelela nje. Ngithi ngingakayi nakude, bavele bangichazele ukuthi baqinisile uma bethi indoda yami abayazi, kan-ti bafenele baze bakusho kangaki lokho ukuze ngibakholwe?" Ngi-sule izinyembezi. "Nanamhlanje ngibuzile. Ngathola ukuthi indaba yami basayazi. Baxolisa kakhulu. Abamazi umyeni wami."

"Ngiyakuzwa."

"Uyabona-ke, mkhulu ukuthi kudala lo muntu wayihlela le nto yokulahla umkhondo? Kusobala phela manje ukuthi wangitshela indawo engekho ngabomu."

"Inzima indaba yakho."

Ngiyadla nje ngiyacabanga ukuthi ngabe ngizomcela kanjani lo mkhulu izinto zokubhala inoveli yami ngoba ngizidinga kakhulu. Ngizizwe sengithi: "Mkhulu, nginombono, noma kungathiwa obhedayo nje bandla."

"Umbono?" Angibhekisise lo mkhulu. Ngishaywe uvalo. Benza njalo abantu abaningi. Bayangibhekisisa uma ngiqala le ndaba yokuthi nginombono wokubhala inoveli ngempilo yami ebuhlungu lapha eThekwini. Bashwabanisa ubuso, bangibhekisise sengathi ngingumuntu osanganayo. Hleze lokho kwenziwa ukuthi ngisebenzisa leli zwi elithi 'umbono'. Babuza ngokumangala: "Umbono!"; "Wena unombono! Ungaba nombono kanjani unjena?"; "Kanti umuntu onjena unemibono!"; "Kanti usenemibono ukulesi simo esinjena sokuhlupheka?" Lokhu kwenza ngibone ukuthi ngeke usizo ngiluthole. Ngizithulele-ke nemibonywana yami. Ngizibuze ukuthi kodwa ngilisebenziselani nje igama elithi 'umbono'. Yini ngingavele ngicele amaphepha okubhala? Kodwa iqiniso ukuthi ngifikelwe yisifiso sokubhala, kepha ngiyangabaza ukumtshela lo mkhulu. Sengidine abantu ngalo mbono wami.

"Khululeka ngane yami, ngitshele lo mbono wakho. Isikhathi nginaso. Khululeka."

"Ngifuna ukubhala inoveli ngalokhu kuhlupheka kwami okungaka lapha eThekwini." Ngithule isikhashana ukuthi lo mkhulu anambithisise le nto engiyishoyo, angase angitshele ukuthi angiyeke ukuphupha amaphupho angacacile. Athule, ungilalele. Ngithole ithenjana, bese ngiyaqhubeka. "Ngifuna ukubhala inoveli ngezigameko zalapha namhlanje," ngiphinde ukuze ezwe kahle lo mkhulu, angijikele uma engijikela. "Ngifuna ukubhala ngokuhlupheka kwami, mkhulu." Ngizwe ukuthi sengiyiphinda kaningi le nto.

"Yibhale le noveli, ndodakazi."

"Ngiyakuzwa, mkhulu. Kodwa isimame salapha sishaya izandla uma ngisho njalo. Sayababaza: "Uthini-i-i-i? Ufuna ukubhala ngokuhlupheka kwabantu besifazane! Yini umphakathi wakithi ofanele uyifunde kuleyo noveli yakho ngokuhlupheka kwabantu besifazane kulesi sikhathi senkululeko yabantu besifazane? Inoveli

15

enjalo isiveza kabi. Mina angisiyena owesifazane ohluphekayo. Noma ungibona ngihlupheka nginjena? Ufuna izingane zami esikoleni zifunde ngokuhlupheka kwabantu besifazane umama wazo engazikhulisanga ngokuhlupheka? Ngeke nje ifundwe ezikoleni. Sizoyivala ingafundwa ezikoleni." Lokho kungiqeda amandla noma ngingayibhaleli izingane zesikole. Uma ngithi bakhona abantu abahlupheka njengami abazoyifunda leyo noveli yami, bangivala umlomo: "Thula! Uyabheda nje wena. Uma bekhona abahluphekayo, bazothi bazuzani ngokufunda ngobuchaka?" Ngiswela impendulo yalowo mbuzo, noma ngizibuza ukuthi izichaka zizuzani zona ngokufunda ngobunjinga. Hleze ukufisa ukuba yizinjinga. Ngithi ngisazibuza ngiziphendula, baqhubeke: "Ubuchaka asibufuni nje nempela ezincwadini ezifundwa zingane zethu ngoba izinjinga zinyanya kabi ukufunda ngobuchaka. Ngeke nje zivume izingane zazo ziyifunde leyo noveli yakho. Zizoyikhipha enanini lezincwadi ezifundwayo kusashisa. Owesifazane omnyama ohluphekayo enovelini umele ukuhlupheka kwabantu besifazane kuleli lizwe. Asisahlupheki kuleli lizwe, sakhululwa! Sihlushwa yini sikhululekile nje? Kufana nokubhala ngokucindezelwa kulesi sikhathi senkululeko. Nithi zifundeni engcono izingane zethu ngengcindezelo yomuntu omnyama esekhululiwe? Nizifundisani ngokubhalwe ngowesifazane osacindezelwe sebekhululiwe nje abesifazane?" Ngike ngizame ukuphendula: "Kusekhona nokho ukuhlupheka. Usho sengathi sekuyivelakancane kakhulu ukuhlupheka kwabantu besifazane kuleli lizwe, sekwande izinjinga zabesifazane nje ngawe."

Ngikhuzwa kabi, "Hhayi, musa ukubhala ngokuhlupheka kwabesifazane. Bhala ngobucebi babo."

Ngabuzabuza phela ukuzwa kahle le ndaba, "Hawu! Abasahlupheki?"

Ngaphendulwa ngamagama anzima: "Ukuhlupheka kwabo yindaba yabo, hhayi indaba efanele ifundiswe izingane zesikole. Ngikubuza okokugcina, zifundani engcono izingane ngokuhlupheka kwabesifazane ezweni elingahlupheki? Angithi sesaphuma eGibhithe? Yinike enhle ngokufundisa izingane zesikole ngokuhlupheka kwabantu besifazane abamnyama so many *years into our democracy?* Izingane ezizalelwe enkululekweni zifanele ukufunda nokufundiswa ngenkululeko yabuntu abakhululekile, ikakhulukazi yabesifazane ababecindezelwe. Izingane ezikhululekile zifanele zifunde ngabalingiswa abamnyama besifazane asebefikile enkululekweni, hhayi abasazabalazela inkululeko. Sesadlula isikhathi sokuzabalaza. Ungabhali-ke ngerags to riches uma ubhala ngesifazane sengathi kusazabalazwa. Bhala ngalokhu phecelezi esithi, empowered women: successful business women; women in key leadership positions; professional women. Bhala ngabesifazane abathi, sesifikile! Not becoming women, not succeeding women, not arriving women, not conquering women, but women who have become, women who are successful, women who have arrived, women who have conquered. Yisikhathi sethu lesi, sisi. Ungizwa kahle? Ngiyaphinda. Uma ubhala ngowesifazane ocebileyo, makangaqali eyisichaka, bese indaba yakho iphela lapho eqala ukufuma khona. Bhala ngaleyo mpilo yakhe esenothile nje kwaphela, bese iphela lapho leyo ndaba. Angawi uma enamabhizinisi. Angaphazamiseka nje kancanyana, njengawo wonke umuntu. Uyezwa?"

"Hayi bo!" Ahleke lo mkhulu. Lokho kungiphazaphazamise. Ngiyinqamule le ndaba.

"Leyo imibono yamajaji aseThekwini ngenoveli yami ngingakayibhali nokuyibhala, mkhulu!" Ngiqhubeke.

"Kulezi zincwadi abathi uzibhale ngabalingiswa besifazane asebefikile, bathi ubhale kanjani ngabesilisa?" Ahleke futhi lo mkhulu.

"Abasho lutho ngabesilisa, mkhulu. Mina abangitshela khona nje, ukuthi ngibhale ngabesifazane abafikile."

"Ufuna ukubhala ngowesifazane onjani?"

"Mina angazi lutho ngempilo yezinjinga, mkhulu."

"Lapho uqinisile. Kunzima ukubhala ngesimo ongasazi. Uzobhalani ngamathenda? Uzothini wazini ngokushayela ama4x4? Uzobhalani ngobucwebecwebe baseBhalinto?" Wazini wena ngobukhazikhazi baseMhlanga?" Ahleke umkhulu, bese ethi, "Phela lokhu kusho ukuthi sekuzobhala izigwili kuphela ngobugwlili bazo. Akuzwakali kahle uma sesiphoqwa ukubhala ngalezi zimo okuthiwa zipolitically correct. Lokhu kubapolitically correct kusilethela olunye uhlobo

lwengcindezelo engasifanelanga lesi sikhathi senkululeko. Yinkulu-
leko lena esikuyo, ngakho-ke kufanele sibhale ngalezo zinto esithan-
da ukubhala ngazo noma ngabe zinjani. Wena bhala le nto ofuna
ukubhala ngayo."

"Ngiyabonga, mkhulu." Sengikhulekile manje. "Ngizoyibhala le
noveli yami noma ingckho *politically correct*."

"Yinto enhle ukuthi uyibhale usenomdlandla nje le noveli yakho."
Abheke iwashi lakhe. "Ngiye ngizwe ababhali abaningi bethi ugqozi
lokubhala lulethwa isimo esithile umbhali azithola ekusona. Bathi
uma kuwukuthi umbhali ufuna ukubhala into ethize ngendlela ay-
izwa ngayo ekujuleni kwenhliziyo yakhe, kungcono abhale ngale-
so sikhathi. Uma ethi uzobhala ngeviki elizayo noma ngenyanga
ezayo, izobe isishintshile le nto afuna ukuyibhala. Nomfutho uyehla.
Uma ethi uqhubeka nokubhala, kungabe kusaphuma enohlonze.
Kwesinye isikhathi agcine esekuyekile ukubhala lokho." Athule, an-
gibheke emehlweni. "Ukhona lo mfutho wokubhala lapha kuwe.
Musa-ke ukuchitha isikhathi. Bhala kusashisa nje!"

Hawu! Uvelaphi lo mkhulu kule ndawo! Waze wangikhuthaza bo,
sebengidumaze kangaka odumazile! "Ngiyabonga, mkhulu! Ngi-
yabonga ngala mazwi owashoyo. Awungijaji njenga la majaji athi
ngeke ngibhale ngoba nginjena." Ngizithole sengisula izinyembezi.
"Ngiyabonga ngokungajaji ngesimo engikuso, mkhulu! Ha! Acishe
angibulala umoya amajaji aseThekwini!"

"Cha! Angikujaji, ndodakazi. Empilweni yami ngazifundisa ukunga-
jaji abantu kalula nje. Kusemhlabeni lapha. Abantu abangaphesheya
kwethuna kuphela esesingabajaja." Athulathule. "Umbono omuhle
lona wokubhala le nto oyizwa ezibilini zakho. Musa ukuzincisha
ithuba lokubhala. Kanti kubhala abanjani?"

Ngibone ukuthi umkhulu uMzimela usefuna ukuhamba manje. Ngi-
bonge ngize nginconcoze. "Umusa ongaka! Hawu! Ububele obun-
gaka, bandla! INkosi ikwandisele nalapho uthathe khona, mkhulu.
Ukwanda kwaliwa umthakathi."

Asenzele umkhuleko lo mkhulu. Ahambe, angishiye nethemba.
Ngizizwe ngiphilile emoyeni, kodwa okwesikhashana nje.

18

Isahluko 3

UThabiso wami ngimfesele lapha eNandosi, eBerea Centre njengo-
ba umshayeli wetekisi engicebisa ukuthi ngimcuthele khona, kodwa
lutho ukuza lapha umyeni wami. Ngisenethemba lokuthi noma en-
gakezi ukuzokudla eNandosi, uzokuza ukuzothenga lapha eBerea,
kodwa ngoba iviki alikahlangani, kungenzeka ukuthi uthenga ngez-
insuku ezithile. Ngaziduduza ngokuthi ngoba izinsuku zempelavi-
ki yizo eziphithizela kakhulu ezitolo, angilinde zona. Kungenzeka
ngimthole kule mpelaviki ezayo. Kungcono ngibekezele nje. Isise-
duze impelaviki. Izinto ezinhle zitholwa ngokubekezela.
Hawu bandla! Kodwa ngingene kanjani nje kulokhu kuhlupheka
okungaka? Phela kungikhungethe manje, amanga mabi. Ngikhum-
bula sifika lapha eThekwini ekuseni. Sengathi ngiyalibona itekisi
lethu lima kamnandi eDurban Station. Ngijabule! Sesifikile eThe-
kwini! Ulapha umyeni wami engimthanda kakhulu. Kazi yini lena
eseThekwini eyenza amadoda ethu akhohlwe kalula yimindeni yawo
ayithanda kangaka emakhaya! Ikhona lapha le nto enamandla ewen-
za abhunguke. Iwalibazisa isikhathi eside kakhulu. Bheka iminyaka
mingaki esiqedwe uThabiso wami engayi ekhaya. Hawu! Kazi yini
lena enamandla kangaka embambile?
Sengathi ngiyambona umyeni wami ehla etekisini ngokuzethemba
kwawo wonke umuntu owazi le ndawo. Emuva kwalokho wathatha
isinqumo sokuthi ngeke nje aphinde awabhekise emuva amabombo.
Noma wafika lapha esesithathile leso isinqumo? Kwazi yena uTha-
biso. Kodwa wahambelani ekhaya engangitshelanga nokungitshela
ukuthi uyangilaxaza uThabiso? Wehluleka nokuthi abhale incwajana
nje engazisa ukuthi uyangilaxaza: 'Sala kanjalo wena Deliwe. Angi-
sakufuni.'
Ha! Sengathi ngiyambona ebhala ipheshana, ethi akasangifuni. Ng-
abe ngempela walibhala? Mhlawumbe izimpaka zasePhuphuma
zalithatha ebusuku ukuze ngingaliboni ekuseni – zenzela ukuthi
ngihlale ngizibuza le mibuzo imihla namalanga: kodwa lo Thabiso
ungilaxaze ngoba ngangimone ngani engaka?
"Awehli nezingane zakho, nkosikazi?" Kubuza umshayeli wetekisi.

"Sehle?" Ngiphaphame kule micabango yokulahlwa yindoda ng-ingenalo nje neli ncu, icala leli. Amanga angiwakhulumi, anginalo mina icala engingathi ngilahlelwe lona.

"Yebo. Ningehla, kodwa uma nisathanda ukuhlala ningahlala, ku-lungile. Angixoshi bantu mina lapha etekisini lami. Ngazi zonke izingxaki zabantu abagibela izithuthi zethu. Uyehla noma usahleli, nkosikazi?"

"Ngizokwehla maduze. Ngicela isikhashana." Ngisho njalo ngizinzile impela esihlalweni sami. "Uthe wonke amatekisi aphelela khona la-pha?"

"Yebo. Aphelela khona lapha wonke amatekisi." Kusho lo mshayeli sengathi uyancokola. Akangibheki emehlweni. Ubheka phansi njengesambane. Ikhona nje futhi into engikhumbuza umyeni wami ngaye: lokhu kulalela kwakhe uma ukhuluma naye. Mina ngithanda indoda ingiphe ithuba lokukhuluma, ingizwe kahle ukuthi ngithi-ni. Ha! Ukube amadoda wonke ayenjalo, ngabe leli lizwe lithuthu-ka ngokushesha. Ayiyinhle into yokuthi uma ukhuluma nendo-da kube sengathi ilinde uqede, bese ikuphendula ngoba iyakuzwa ukuthi uyakhuluma kodwa ayikulalelanga. Kubalulekile ukulalelwa kwethu thina sifazane. Ukulalelwa kuyasakha. Kusipha ukuzethem-ba. Kusenza bakhulu.

"Uthe aphelela khona lapha wonke amatekisi?"

"Yebo. Aphelela khona lapha wonke. Yini ubuze into eyodwa kanin-gi. Noma uyangisola? Uma ungakholwa mina esisuka nawe ePho-moroyi, uzokholwa bani omthola lapha eThekwini?"

"Hhayi! Ngiyakukholwa. Kukhona nje izinto zami engizicabangayo. Wothi ngithi izinkinga zomuzi wami."

"Ngiyezwa-ke...uthu, em... aphelela khona lapha wonke amatekisi. KuseDurban Station lapha. Yebo, nkosikazi. Aphelela khona lapha wonke amatekisi abuya ePhomoroyi. Wonke amatekisi avela ez-indaweni ezahlukene aphelela khona lapha. Ufike emaphethelweni manje."

"Lafana bo nelomyeni wami izwi lakho!"

Amoyizele. Abheke phansi njengesambane.

"Cha! Ngizwile. Uthi aphelela khona lapha wonke amatekisi.

KuseDurban Station lapha - emaphethelweni."
Inhliziyo yami ingitshela ukuthi ikhona into lo mfo angifihlela
yona. Sengathi unesazela. Lokhu kubheka kwakhe phansi! Nalokhu
kukhuluma kwakhe okufana kangaka nokomyeni wami!
"KuseDurban Station ngempela lapha." Aqinisekise.
"Ha! Umuntu wafika eThekwini lodumo! Ngikude ukulikhohlwa
empilweni yami leli dolobhakazi!"
"Hawu! Usuthini manje? Angisakuzwa kahle."
Kuthuleke isikhashana. Iyangidla le nto yomyeni wami. Ngikhulu-
ma nalo mfo wetekisi nje kodwa ngiyabalisa, yikho ethi akasangizwa
kahle.
"Ngifuna ukuqala manje ukuthungatha umyeni wami. Kodwa
ngizophuma ngibheke kuphi nje kuleli dolobhakazi?" Ngilibuke,
ngilibuke. Hhayi, likhulu impela. "Amanga mabi, bhuti wami. Uy-
angibona phela nawe ukuthi ngididekile ukuthi uma ngiphuma la-
pha ngizobheka kuphi. Ngiyazibuza ukuthi umyeni wami waphu-
ma wawabhekisa kuphi amabombo uma itekisi iqeda ukuma lapha.
Ukube ngangiyinja yokuzingela, ngabe manje ngithatha umkhondo
wakhe ngize ngiyofika lapho ekhona."
"Usubalisa kakhulu manje, nkosikazi. Ngiyazibuza ukuthi kazi in-
doda enjani lena eyabalekela unkosikazi oyithanda kangaka. Bay-
ivelakancane abesifazane abanothando olujule njengalolu lwakho."
Athule. "Ungamangali, lo myeni wakho kungenzeka ukuthi uban-
jwe yizo nje lezi zinto ezafika nale nkululeko esiphenduke imfash-
ini eThekwini. Phela le nkululeko eyavotelwa yakhulula nabesilisa.
Amadoda nawo akhululiwe manje. Inkululeko yobulili ikhulule
bonke abantu."
"Ngiyayizwa leyo, mina ngizibuza nje ukuthi ngabe umyeni wami
waphuma walibhekisa kuphi. Ngiyamfuna phela manje. Sifanele
sithwalisane lo mthwalo angishiya nawo – lona wezingane eziphen-
duke izintandane uyise ephila. Owethu sobabili lo mthwalo. Noma
nginamanga?"
"Uqinisile, ngakho-ke mfune uze umthole. Kufanele nithwesane lo
mthwalo wenu nobabili. Nafunga ukuthi nizokwenza njalo. Akang-
abalekeli izifungo."

21

"Uma uthi amatekisi wonke aphelela lapha, okusho ukuthi ngempela naye wehla lapha umyeni wami."

Ahambe lo mshayeli wetekisi, nanguya! Abuye emuva kwesikhashana, athole sisaququbele etekisini lakhe umntwana wabantu. Kubonakale ukuthi ubezobheka ukuthi asikahambi yini. Anyamalale futhi. Kube khona umcabango othi kungcono ngehle manje, ngiqale ukuthungatha le ndoda eyashiya umuzi wayo. Ngishaywe uvalo. Ngizokwehla ngithi ngiyaphi nje iTheku lingaka? Ngicabange futhi ukuthi abukho ubuntu ekutheni umuntu asishiye etekisini lakhe, uyafika asisekho. Ubuntu ukuthi sivalelise kahle ngoba ayixabene, sihambe-ke.

Abuye ngokushesha lo mshayeli, abuze. "Anehli?"

Ngithi lapho ngithi ngiyamphendula, ngibindeke. Kuqhume isililo. Ahambe futhi. Abuye emuva kwesikhathi eside. Angithole ngisakhungathekile. Asiphe amakani ekhokhakhola, siphuze. Ngibhodle. Uyaphuza naye lapha eduze kwethu, ubheke phansi.

Ngilambile manje. Ngiphuza nje inhliziyo yami ithi, ukube ubesiphathele ukudla. Ubonile siphume ePhomoroyi ngokuqokelelwa imali yetekisi ukuthi sixakekile. Siyithintithele etekisini yakhe yonke. Uyazi-ke ukuthi asinalutho manje. Ngibonga lo musa wabantu basePhomoroyi. Bayifunda ivaliwe, bahlanganisa izandla kwaze kwaphuma imali yokugibelisa ngisho nezingane zami imbala. INkosi ibabusise. Basaphila abantu basePhomoroyi.

"Weqile?"

"Mina?" Ngithuswe yilo mbuzo wakhe. Ngicishe ngixhilwe yisiphuzo. Ngizwe sengiphinda umbuzo, "Ngeqile?" Ngibuza bani kodwa?

"Angeqile mina. Ngidinwe nje yilesi sihogo ebengiphila kuso. Ngangingazimisele nezeneze mina ukwendela esihogweni. Ngiphumile-ke kuso manje. Lapha ngizofuna umyeni wami. Ngiphumile eSodoma naseGomora. Ngeke nje ngijeqeze emuva bese ngiphenduka isiduli sikasawoti."

Angithi nje jeqe! Abheke phansi futhi lo mshayeli wetekisi. Adlale ngezikhiye zemoto. Ngizithole sengisula izinyembezi. "Awumazi uyise walezi zingane? UThabiso wasePhuphuma awumazi?"

Anikine ikhanda. Akamazi.

"Uthi awumazi?"

"Baningi oThabiso engibaziyo lapha."

"Umyeni wami uThabiso awumazi?"

"Amagama abantu ayafana."

"Bengingathanda ukubabona bonke laba obaziyo. Bakhona abala-pha eduze obaziyo?"

"Bakhona esishayela nabo."

"Enishayela nabo kuwo wona lo layini wasePhomoroyi?"

"Yebo."

"Ngingathanda ukubabona."

"Ngibafonele bazokubona?"

"Yebo." Ngishintshe umqondo ngokushesha. "Hhayi. Kodwa umye-ni wami akusiyena omunye walabo. Uma kunjalo phela ngabe ulala ekhaya njalo nje uma itekisi lakhe liya ePhomoroyi."

"Okwakhe lokho. Uma engafuni ukuhlangana nani, usengajika nje khona lapho."

"Banemizi laba obaziyo?"

"Ngeke ngiyifakaze leyo."

"Phela umyeni wami kufanele anitshele ukuthi unezingane nen-kosikazi. Kanti nikhulumani uma nihlangene?"

Anikine ikhanda.

"Akukhulunywa ngemizi lapha ematekisini."

"Nixoxa ngani?"

"Asizixoxi izindaba zemizi yethu lapha ematekisini. Sixoxa ngezinja, amahhashi, izikhali kanye nabesifazane."

"Wothi uyaphosisa."

"Ngiqinisile. Ukukhuluma ngezindaba zomuzi wakho ematekisini kufana nokuzembula phakathi kwabantu. Emuva kwalokho, bazox-oxa ngawe uma bengaxoxi ngezinja, amahhashi, izikhali kanye na-besifazane."

"Bakuzwa uthi usayofonela unkosikazi wakho, ngelanga elilandelayo bazokubuza ngokubhinqa: Usumfonelile unkosikazi wakho namhla-nje? Awukamfoneli unkosikazi wakho namhlanje? Uzomfonela nini unkosikazi wakho namhlanje? Kuhlekwe. Uyaphoxeka-ke uma ubona ukuthi wembulele izitha zakho izinqe."

"Izitha?" Ngimangale.

"Yebo." Ahleke. Yilokhu kuhlekahleka kwakhe nokubheka phansi okwenza ngicabange sengathi ikhona into angifihlele yona.

"Ngiyayizwa leyo. Ake ukhulume iqiniso elimsulwa manje: awumazi umyeni wami uThabiso? Uyise walezi zingane?" Ngizikhombe.

"Angimazi uThabiso, uyise walezi zingane zakho, nkosikazi." Athule isikhashana, abuze. "Wayiyeka kanjani wena le ndoda oyithanda kangaka yaze yadlala onondindwa baseThekwini? Awazi ukuthi indoda ibanjwa kanjani?

"Uthini?"

"Awazi ukuthi indoda ibanjwa kanjani? Awazi?"

"Cha. Angazi. Angiyizwa kahle le nto yakho. Uthi angazi ukuthi indoda ibanjwa kanjani? Indoda iyabanjwa? Angikwazi-ke lokho mina."

"Ubobuza ugogo wakho uzokutshela ukuthi indoda ibanjwa kanjani."

"Sewashona. Kudala ugogo washona. Washona emuva kokuvela kwalo mfana. Nguye owangikhipha esikoleni. Ngakhuliswa ugogo." Ngigojele isiphuzo. Ngilambile manje. "Ake ungitshele, ubanjiwe wena? Ubanjwe kanjani?"

Abheke phansi. "Angikathathi." Kuthuleke. "Ngiyakuzwa nkosikazi kaThabiso. Ikhona into engalunganga ngalo Thabiso wakho. Indoda enjani ephatha umkayo ngalolu hlobo? Umuntu omthandayo awumenzi njena uma ekuthanda ngalolu thando olujule kangaka. Yini eyenza akuxhaphaze kangaka?"

Ahlehlise isihlalo. Ufuna ukulala. Bayavuka phela onkabi laba abashayela amatekisi. Bathi ayikho itekisi etholwa ngobuthongo kule mboni yabo. Kusazabalazwa phela ematekisini noma inkululeko yafika kudala njena.

Adlale ingoma kaMfazomnyama, 'We mama ngisebenzile, ake ubheke izinkomo zami noma ungibiza ngevila'. Aliphindaphinde, ngize ngibone ukuthi unkabi ulala ngayo. Iyamlolozela lo mntwana wabantu le ngoma. Uphumula ngalezi zikhathi zasemini. Kodwa lokhu kuphindaphindwa kwale ngoma kungibangele usizi. Yingoma enosizi. Ingikhumbuza lezi zinto ezake zangiphatha kabi empilweni

24

yami: wenze ubuhle kodwa kube khoba ababudicilela phansi.

Luye ngokujula enhliziyweni yami usizi olubangwa yile ngoma, ngize ngiphathwe isibibithwane. Ngifise ukumcela lo mshayeli ukuthi ayivale le ngoma, ingibangela usizi olunzulu. Ngibekezele noma kunjalo ngoba nakhu kuyabonakala ukuthi ulala ngayo le ngoma, ulala ngalolu sizi. Kuyabekezelwa lapha emhlabeni. Ukube akunjalo, ngabe umuncumence uvuthwa ngentando yemfene. Ngabe ivele ikhuzele nje: Muncumence, vuthwa manje! vuthwa manje! vuthwa manje! Uvuthwe-ke umuncumence. Idle kamnandi ize isuthe. Maqede isuke izihambele.

Akunjalo-ke empilweni. Imfene iyawulinda nje umuncumence uze uvuthwe ngesikhathi sawo.

Ngamlinda-ke nami lo mshayeli wetekisi, waze wavuka ngesikhathi sakhe ngingamphazamisanga nakancane nje. Ngimuzwe ngokuzamula ukuthi usephaphame. Nokuzumeka kwakhe kuhle. Akazwakali ngokuhonqa njengeningi lala madoda anenkinga yamafutha avala izindawo zomoya.

"Inkinga yakho wena sisi wami ngiyibone sisuka ePhomoroyi."

Kuthuleke isikhashana. Abuze lo mshayeli, "Ngikusize ngani?"

"Ngokufuna umyeni wami, mshayeli." Kuthi angigxumele phezulu. Phela kudala ngiyilindile le nto ayibuzayo.

"Kulungile. Ake silinde isikhashana. Ikhona into engisayilungisa."

Afonele abantu abathize, ahleke kamnandi nalabo, bayazana. Emuva kwalokho bafike ngamunye ngamunye. Basibheke ngendledlana engabonisi ukuthi basibhekile. Kodwa okungimangazayo ukuthi nabo basiphathele iziphuzo. Ekugcineni ngibuze, "Yibo laba kuphela oThabiso obaziyo?"

"Baphi?"

"Laba abafika basibheke ngokusintshontsha?"

Ahlekahleke njengomuntu obanjwe oqotsheni, lo mshayeli wetekisi maqede athi, "Asihambe-ke siyomfuna manje lo Thabiso wakho. Kazi ubhace kuphi lo feleba ndini? Yiqiniso ukuthi amasi agcwalela abangenawo amagula. Ikhona indoda engalahla inkosikazi eyithanda ngalolu thando olukufikise lapha eThekwini?"

Ngikhophozele. Uthini manje lo mshayeli wetekisi? Angisize, angaq-

ali lo mkhuba wamadoda wokushela nalapho kungadingeki khona.
Angangisheli ngisafuna indoda yami ngenhliziyo enehlule elingaka.
Ngingaphoxeka kakhulu. Awumfaneli lo mkhuba. Kodwa sizothini?
Amadoda!

"Muntu wabantu, ngilapha ukuzofuna indoda yami. Ngifunise yona
nje kuphela. HHayi okunye." Ngibone ukuthi angimane ngimnqande
zisasuka nje, angaze agxile kulo mkhuba njengobhuti omdala. Phela
ngangilokhu ngithi indaba incane, incane kanti inkulu. "Ngifunise
indoda yami nje kuphela. Ngiyakucela, ngikuncenga ngawo wonke
umoya wami."

Nembala kube njalo. Athi lo mshayeli wetekisi siyothungatha uTha-
biso ezimpohlweni zaseThekwini eDalithoni. Ufanele abe lapho.

Sifike-ke eDalithoni yodumo. Hawu, bakithi! Iyasabeka bo, le ndawo!
Inesithunzi esibi! Ngizwe izinwele zami zithi, shwababa!

Ngibambeke. Ngiyibheke ngize ngiyibhekisise ngizitshele ukuthi
ngeke nje ngingene lapha.

"Awehli?"

"Ngehle?"

"Yebo."

"Ngedwa?"

"Yebo. Mina ngizosala nezingane zakho lapha emotweni. Noma ufu-
na ukungena nazo?"

"Cha. Yindawo yamadoda phela lena. Ayifuni izingane."

"Noma ufuna ngikuphelezele, izingane zisale emotweni?"

"Ngeke ngishiye izingane zami zodwa lapha."

"Ngena wedwa-ke. Mina ngizosala nezingane zakho." Ngin-
gamthembi. Uma ngingafika engasekho nezingane zami ngizomfu-
na kuphi? Angikambuzi negama lakhe. Nginamahloni okumbuza.
Uzothi ngimbuzelani."

"Bavunyelwe abesifazane ukungena ngaphakathi."

"Yebo. Bakhululekile manje abesifazane. Bavunyelwa ukungena
kuzo zonke izindawo."

"Ngingene?"

"Ngena uthungathe umyeni wakho."

Umzimba wami uyabaleka. Nazi nezinwele zingishiya futhi. "Lenda-

26

wo inesithunzi esingibangela ukusiphuzela kwezinwele. Mhlawum-be ziningi nje izidumbu esezike zadindiliza lapha. Kufanele ukuthi kuphambana izithunzi lapha ebusuku."

"Ngena phela uthungathe umyeni wakho! Usalindeni manje?" Ukungcola okulapha ngaphandle kwenza sengathi nangaphakathi le ndawo ingcolile, ihlala amanuku odwa. Iphunga lakhona elihaqayo lizwakala ukude.

"Hhayi! Asihambe lapha mshayeli. Asizame ukumfuna kwezinye izindawo ezingconywana kunalena. Umyeni wami ngeke ahlale endaweni enjena. Ayimfaneli nezeneze. Ngizobuya lapha ngelinye ilanga uma ngingamtholi kulezi afanele ukutholakala kuzo."

"Uthi ayimfaneli umyeni wakho le ndawo?"

"Yebo. Lena akusiyona nje indawo angahlala kuyo umyeni wami. Noma kungathiwa usehlupheke kangakanani ukuthola indawo umyeni wami, ngeke nje ahlale lapha. Ungumuntu wezindawo ezi-hlanzekile, eziphalile, ezihlala abantu besilisa nabesifazane. Hawu, ezimpohlweni! Angaphoxeka kabi uma ezwa ngelinye ilanga ukuthi ngaze ngayomfuna ezimpohlweni zaseDalithoni!"

Ahleke lo mshayeli wetekisi.

"Uhlekani, mshayeli?" Axolise engasashongo ukuthi yini ehleki-sayo kule nkulumo yami. "Kodwa nami phela ngifanele ngikucebise lapho singafunisela ngakhona. Hhayi ezimpohlweni zaseDalithoni! Umyeni wami kufanele simfune kulezi zindawo ezihlala izicwicwi-wi zaseThekwini. Hhayi! Asihambe lapha, mshayeli!"

"Zikuphi lezo zindawo ezihlala izicwicwi zaseThekwini?"

"Umyeni wami wathi uthole indawo yokuhlala eBerea. Uthenga igi-losa enxanxatheleni yezitolo iBerea Centre. Udla inyama emnandi eNandosi khona kuleyo moli, mshayeli."

"Woshi mame! Uyajabula bo!"

"Ngisho into ayisho. Kukhona amanga lapho?"

"Hhayi. Mhlawumbe wayezethela inganekwane ngempilo yaseThe-kwini. Amaqiniso nibowabuza kithina bantu bamatekisi. Sazi ez-inkulu ngalaba bantu esilokhu sibayisa phansi naphezulu ngezith-uthi zethu."

"Asihambe kule ndawo, mshayeli. Ngiyise eBerea Centre."

Angehlise-ke eduze kwase Nandosi lo mshayeli wetekisi. "Kula-pha-ke sisi wami, eBerea Centre. Lithenga khona lapha iningi lalezi izicwicwicwi okhuluma ngazo. Uma uhlezi lapha ngaseNandosi, ubona wonke umuntu ongena khona nasePick 'n Pay. Mhlawum-be ube nenhlanhla yokumbona umyeni wakho engena noma ephu-ma kwenye yalezi zindawo. Lapha eNandosi kudla iningi lalezi zicwicwicwi othi umyeni wakho uyiso. Ubheke wonke umuntu on-gena khona, kungenzeka umthole uyise wezingane zakho. Ngiku-fisela okuhle kodwa."

Kwabe ukuhlukana kwethu-ke kuze kube manje, ngingasabuzanga negama lakhe. Ngithi lapho ngithi ngizocela imadlana yokuthenga le nyama ethandwa umyeni wami eNandosi sengilambe kangaka, itekisi lakhe labe seliduma laphaya. Akusenandaba, muntu waban-tu. Abake babonana, bayophinde babonane futhi. Nami ngikufisela okuhle kodwa bhuti wabantu. INkosi ikubusise, ize ibusise nenzalo yakho. Lawo magama akho okungifisela okuhle ngiwazwile ukuthi aphuma ekujuleni kwenhliziyo yakho, awanazo izikweko. Ahlezi kamnandi emoyeni wami manje, kodwa angilethela izinyembezi. Hawu, Nkosi yami! Saze sahlukana kahle bo nalo mshayeli weteki-si! Uhlukile nje kulawa madoda asaphenduka izimpungushe. Kod-wa ikhona nje into ejwayekile ngaye, lena engikhumbuza uThabiso wami – yilobu bumnene bakhe. Ngijabulele impela ukuthi sihlukane engangishelanga. Kodwa-ke ngeke ngimfanise nowami umyeni. EPhuphuma umyeni wami ubethanda mina nje kuphela. Angizange mina ngibe nezimbangi. Angikwazi nje nempela ukuthi yini ukushi-sa umbango. Futhi, angikaze ngiyoyithukela ezitolo zasePhomoroyi, noma ngiyithumele izinhlamba ngamaSMS. Nasemshadweni wethu angikaze ngithunyelwe izinhlamba zamashende ngamaSMS, noma ngiyocuthela emthonjeni imbangi engifuna ukuyitalabha ize ithi mama enjeni. Lona owami umyeni akusiyena umuntu wamashende. Ishende uyalinyanya nje kwaphela!

Hawu! Waze wangikhumbuza umyeni wami lo mshayeli wabantu!

Isahluko 4

Lokhu kungabuyi komyeni wami kungidonsele amanzi ngomsele. Ubhuti omdala waze waqala umkhutshana wokungicifela iso uma sihlangana. Kwabasengathi yinto encane njengegundwane elinganakwa uma lidla ummbila emasimini, kanti izogcina seyiphenduke indlovu engavinjelwa. Wangicifela iso waze wabonwa nayizilima ukuthi kunomkhutshana othile asewujwayele. Ngaqala ngambalekela manje, kodwa ngenza sengathi ngiyamhlonipha njengobhuti omdala. Kodwa nalapho kwagcina sekubonakala ukuthi ngibalekela leli so lakhe elinemikhuba.

Ngazitshela ukuthi into encane nje lena izokwedlula, kanti angibuzanga elangeni, okukhulu kuseza kuyanyelela. Waqala umkhuba wokungingqongqozela manje ebusuku. Akwangaphelela lapho, ngambona esengilandela ngendlela eyisimanga. Uma ngigqoka nangu engilunguza uVelaphi; ngiyotheza, nangu eqhamuka uVelaphi; ngiyokha amanzi emthonjeni, memfu, uselapha uVelaphi! Ngilinde itekisi, nangu esezidlisa satshanyana lapha eduze kwami uVelaphi. Ngikhwela itekisi, uyakhwela naye uVelaphi. Ngiyehla, uyehla naye uVelaphi. Ngiyathenga ezitolo, nangu usebambabamba izimpahla lapha eduze kwami uVelaphi.

Ngabona ukuthi nansi ingulube inginonela bo! Ngelinye ilanga ngizothatha isikhwili somyeni wami ngiyotheza, ngifike ngimshayele entabeni ukuze azongesaba ngisho kuthiwa ngilele. Ngephuza-ke ukukwenza lokho. Ngalokhu ngithi, 'ngizo, ngizo, ngizo, ngizo', kodwa ngingakwenzi. Waze wayijwayela le nto yokungilandela. Umkhuba omubi unjalo phela, ujwayeleka kalula. Ngabona-ke ukuthi njengengane encele isikhathi eside, kuzobanzima ukumlawula.

UVelaphi wakhombisa ukuthi useze wedlula, sekunzima ngisho ukuzenzisa. Bekwenziwe umsebenzi ongacacile nje emzini - le misetshenzana yamadlozi yesimanjemanje eseyenziwa ngezinkukhu namajuba. Wadakwa-ke uVelaphi, waqala lo mkhuba wakhe wokungilandela. Ihlazo! Wangilandelisa okwengane ilandela unina uma ephuma ngapha engena ngapha. Abantu bamangala ukuthi ungenwe yini uma engilandela kanjena. Zahleba-ke izalukazi eziphuza nogo-

go walapha ekhaya: lo makoti uyifake usomlandela le ndoda yom-
nakwabo. Ngeke nje imlandele ngalolu hlobo kungekho akwenzile.
Uyazizamela phela naye lo mntanomuntu. Nithi akenzenjani ku-
lesi simo akuso? Kudala phela indoda yakhe yangena emahlathini
aseThekwini.

Ha! Ukungifenyisa yinto abayejwayele phela lab'ogogo uma behlan-
gene kanjena. Bayangijinga mntwana wabantu! Kuthi ngisadinwe
yilokho, naba sebeyangishoza. Kuthi ngingakakhohlwa nokukhohl-
wa lokho kushoza kwabo, sebeyangigxibha manje. Ha-ha-ha! Um-
jivazo wabo uma bephuza la matshwadlana abo!
Ingithukuthelise kabi le nhlebo engijivazayo. Lezi zalukazi zihle-
ba ngendlela eyenza ukuthi ngizwe kahle nje ukuthi zithini ngami.
Bangitshela emehlweni sakungihleba. Yini bangamkhuzi lo bhuti
owenza lezi zinto ezinyanyisayo ngoba bayambona nje? Ngitshele
ugogo wezingane zami ukuthi akhuze le ngane yakhe, ingehlisa
isithunzi phakathi kwabantu. Ngamcela nokuthi bayeke le nhlebo
yabo iyangithunaza. Wenza sengathi akangizwanga. Unjalo-ke lo
gogo okhalelwa yingane yami. Izingane zendodana yakhe uyazith-
anda, umuntu omubi yimi unina wazo. Abantu abanobandlululo ol-
unjalo bayamangaza!
Kuthe emuva kwesikhashana nje ngibakhuzile ukuthi bayeke le
nhlebo yabo engithunazayo, wathi uMampondo angimphelezele
ayokha amanzi emthonjeni, ngeke akwazi ukukhelela kahle aman-
zi, uphethwe ikhanda elinesiyezi. Wesaba ukuthi kungenzeka awele
emthonjeni. Ngathi ngenhliziyo, unamanga salukazi ndini! Uqale
nini ukuwela emthonjeni ngoba uhlala uya udakiwe nje?
"Imigqomo igcwele, gogo." Ngivimbe intukuthelo.
"Igcweleni?"
"Amanzi, gogo."
"Achithe! Achithe bo, siyokha amanye!"
Uthini lo gogo bakwethu? Kunini ngithuthana namanzi kusuka
ekuseni, bonke abantu lapha ekhaya behlezi nje dekle! Manje uthi
angiwachithe? Kanjalo nje? Ungifunani ngempela? Ngathi ngi-
yamphendula, ngabindeka. Asifundiswanga thina ePhuphuma uk-
uphendula abantu abadala. Omakoti basePhuphuma ababaphenduli

30

abasemzini.

"Ungizwile ngithini makoti ndini? Ngithi kuwe, chitha amanzi emigqonyeni sihambe manje!"

"Ngisasebenza, gogo." Ngabe lo gogo usakhumbula nje ukuthi la manzi akhiwe yimi? Ngiwathwale kule yami inhloko. Kwathi angithi, achithe wena phela ngoba akhiwe yimbongolo, kodwa ngazibamba.

"Habe! Ngabe awungizwa kahle ukuthi ngithini? Ngithi asiyokha amanzi! Ngiyakutshela, angikuceli. Siyezwana?"

"Ngithe imigqomo igcwele."

"Ngithe achithe!" Akawachithe yena, ngisho ngenhliziyo. Ngeke mina ngiwachithe ngezami izandla amanzi engiwathwale kanzima kangaka. "Asambe khona manje!"

Ngivume. Ngithathe isigujana nje esingatheni, ngimtshele ukuthi sihambe. Ngiyayibona phela indaba lapho ilele khona. Izindaba zamakhosikazi zikhulunyelwa emthonjeni. Ake ngiye khona ngizozwa kahle le nto angibizela yona emthonjeni, mhlawumbe uzoke angitshele kahle namhlanje ukuthi yini engayikhuzi le ngane yakhe uma yenza imihlola enjena phakathi kwabantu.

Sahamba-ke, umamezala edlathuzela okohlanya luphuthuma lapho luya khona, lungamnake nakumnaka lona oluhamba naye. Uma sifika emthonjeni yavela indaba. "We makoti ndini! Awungitshele, ngempela ukuthi yini lena oyidlise uVelaphi uma esekulandela kanjena? Umfake usomlandela?"

"Yini-ke lokho?"

"Kanti walahla indoda yakho uThabiso nje ngoba ufuna le ndoda yomunye umakoti? Yikhiphe manje le nto yakho. Khipha! Khipha le nto yakho mfazi ndini ukhulule le ngane yami esiphenduke isilima sakho. Uyangizwa? Ngithi khipha bo!" Ngiyakhelela ngaleso sikhathi. Cishe ngawela emthonjeni. Uthini lo gogo? Ngiyabona sengajwayela ukuthula uma engibhedela. Lapha-ke kusemthonjeni. Izindaba zabantu besifazane zilungiswa lapha. Ngiyamphendula-ke namhlanje. "Inkinga yakho enkulu ukuthi le ngane yakho ayikhuzwa nje ngawe. Ayimazi nje u'hhayi' ngoba awuyifundisanga wona. Izenzela nje umathanda. Umuntu imcekela phansi, uthule nje sengathi awuboni. Ingane engafundiswanga inhlonipho injena. Uthi

31

wena nje ngokwakho uyayazi inhlonipho? Ungathi uyazihlonipha
udakwa kangaka imihla namalanga? Sifuze wena lesi sidakwa sakho."
Kwasa ebusweni benkawu. Wathi uyakhuluma, wehluleka. Ngam-
shiya lapho ekhexile, ngakhuphuka. Ngamuzwa ngibuqamamana
laphaya, ethi, "Habe! Usuyangiphendula manje? Ukufunde nini
ukungiphendula? Awunanhlonipho. Unyoko akakuqeqeshanga gal-
akajane ndini!"
Ngahamba ngamawala, ngamshiya. Noma kunjalo ngiyayizwa in-
hlamba yakhe emuva kwami. Uzama ukugijima kodwa ukhutshwa
utshani, awe. Uwa nenhlamba, avuke nenhlamba, agijime nenhlam-
ba. Le nhlamba yakhe ihamba nesigodi sonke, izwakala ngisho kuwo
wonke umuzi. Ngifika ekhaya nje bonke abantu sebeyizixongololo,
bamangazwe yilo gogo othukana kangaka.
UMampondo wafika ekhaya evutha bhe! Waba nami shaqa! Wangi-
biza phansi, wangibiza phezulu. Wangisho ngobaba, wangisho ngo-
mama. Akaphelelwa ngamazwi. Wakhipha inhlamba emuva kwenye
njengomkhuzi wamasosha ekhuza ibutho lakhe.
Abantu sebegcwele lapha ekhaya manje, abanye bakake umuzi, ba-
bukela ibhayisikobho yalo Mampondo. Babodwa obezwa bebabaza:
"Hawu! Waze wanenhlamba bo, lo gogo! Inhlamba engaka way-
ifundaphi?"
"EThekwini." Bayaphendula abaphendulayo.
Ngabona ukuthi lo gogo ufuna ukungehlisa isithunzi. Ungihlokolo-
za ukuze ngiphendule lezi zinhlamba zakhe phambi kwalaba bantu
abangaka. Ngazitshela ukuthi ngeke nje ngiwuvule owami umlomo.
Thina esingomakoti basePhuphuma sayalwa kanzima emakithi uma
siya emzini: ubothula wena mntanomntanami uma abantu base-
mzini bekuthethisa; ungabobaphendula abantu abadala basemzini
ngane yami; ungabuyiseli izinhlamba zabantu abadala basemzini.
Ngisayibambe lapho-ke nami. Bazothi ngiyingane kamabani laba
bantu abangaka uma bengizwa ngithukana nesalukazi sasemzini?
Ukuthula kuyisikhali nakho nje ngokwakho kukodwa. Ngazithule-
la-ke. Kwazwela kulo gogo. Nangu esondela kimi. Ungifuna emandle-
ni manje. Ngabaleka. Wabona ukuthi ngeke kulunge ukungijaha,
wangibizela eshashalazini. Izibukeli zashoshozela, zayiqhatha le mpi,

32

"Qhude manikiniki! Zitheleleni ummbila ziqhobane!"
Abangazi kahle mina laba bantu. Bayangilahlekisa. Ngama kude
le naye. Ngeke nje ngilwe nesalukazi. Leyo ndaba ingaphuma
emaphepheni: umakoti nesalukazi batholane phezulu okwezimpon-
go kubukele wonke umphakathi ePhuphuma.
Ihlazo elingaka igama lami sekuphuzwa ngalo ezipotini zasePhu-
phuma: niyamazi lo makoti olwe nesalukazi? Lo makoti olwe nesa-
lukazi umama wakhe phela yilowaya mama. Hawu! Ihlazo elingaka
uDeliwe. Ngingababhekelwa ngubani nje bona abantu basePhuphu-
ma.
Ngeke impela ngimthinte lo gogo. Akayolwa nezinye izalukazi ezin-
gontanga yakhe. Mina lena yinto engingayiwula kanye nje ngempa-
ma ithi fothololo!
"Qhude manikiniki!" Bafuna sitholane phezulu.
Hhayi mina. Ngime kude impela nalo gogo ongibizela eshashalazini
phakathi kwalezi zihlwele.
"Qhude manikiniki!" Bafuna ngisondele ngimshaye. Ngeke ngik-
wenze lokho mina.
Wafutheka okwedwi lo gogo uma elokhu ezwa lo 'qhude manikini-
ki!' wabo. Wangibiza, "Woza lapha wena makoti ndini ngikuphule
iqolo!" Washutheka amalokwe epitikotini, kwavela imilenzana esh-
wabene. Yahleka intsha esenezitho ezinhle. Banxapha abanxaphayo.
Bashaya izandla abamangele. Abanye bakhwifela phansi.
"Woza lapha! Woza mfazi ndini ngikufundise ikarati." Weza kimi
egijima, wakhahlela emoyeni, lapho bengimi khona. Sengibalekile,
ngilaphaya kude.
Kwahlekwa, "Hhayi, bo! Wayifunda kuphi lo gogo ikarati?"
"EThekwini." Kuphendula abafuna kuhlekwe kakhulu.
Nalapho ngenzela ukuthi abantu bambone kahle ukuthi uyini lo
gogo waseThekwini. Ngeke nje ngivume angifake ehlazweni. Kwaca-
ca manje kubo bonke abaqhathayo ukuthi ngempela ngisayibambe
lapho ngayalwa khona. Ngeke nje ngilwe nalo gogo noma sekunjani.
Naye lo gogo uyakwazi lokho. Kudala ezama, usehlulekile.
Sebedinwe kakhulu manje abantu abaningi yile nto yalo gogo. Bay-
abuzana,

"Ake nikhulume iqiniso, nithi wavelaphi lo gogo onjena?"

"EThekwini bo!" Kuphendula amagagu.

"Empeleni indoda yakhe yayaphi?"

"Wayidla." Kwahlekwa.

"Kanti uyisithwalambiza yini?"

"Yebo."

Ngithe ngisabheke labo abaphendulana ngendlela ephoxa lo gogo, usisi omdala wasemzini, uSebenzile, wangiwula ngempama evuthayo, qhwa! Ngathi ngisamangele, wangiphinda, qhwa! Ngabona izinkanyezi eziningi kakhulu, zithi, layi! Layi! Layi! Layi! Ebumnyameni obukhulu. Ikhanda ngaleso sikhathi lathi, zwi-i-i!

Ngezwa sengathi ngidakwe kakhulu. Izibukeli ziyababaza, "Hhayi bo! Uyishayelani manje ingane yabantu lo mabuyemendweni? Bamfunani ngempela lo makoti wabantu ngoba akanandaba nje nabo? Bafuna eze enzeni nje ngempela?"

Kubuzwa le mibuzo nje uSebenzile uyahlehla, ungibizela eshashalazini njengonina. Ngisadidekile ngaleso sikhathi, ikhanda lisaduma. Ngisula lesi sihlathi asishayile. Ngesula nezinyembezi. Ukukhala kwami kumbonise ukuthi ngiyahlulwa uSebenzile, ngiyigwala. Angibize, "Phumela lapha eshashalazini ngikubonise ukuthi ngizokwenzani wena mfazi ndini! Udelela umama ngoba engasenamandla! Woza lapha kimi ngikufundise ukuthi umfazi odelelayo ushaywa kanjani."

Hhayi, sekwanele phela manje. Akangazi kahle lo mabuyemendweni. Ngagijimela endlini yami, ngaphuma sengiphethe isikhwili somyeni wami. Ngakhwela phezu kwakhe uSebenzile ngawo wonke amandla ami. Ngambhonya, ngambhonya, ngambhonya.

Zashaya izandla izibukeli. "Mbulale! Ufuze unina. Shaya!" Ngezwa nginomfutho uma ngibona ukuthi kanti bayangeseka. Ngambhonya ngamandla kunakuqala manje. "Mshaye! Shaya le nto! Phihliza! Bulala!" Ngambona esebomvu klebhu, yigazi! Wawa, bhu, phansi! Ngathola ithuba elihle lokumshaya. Sakhala isikhwili ekhanda, qhwa! Qhwa! Qhwa!

Wahlabeka uVelaphi engibona ngishaya udadewabo ngale ndlela ejabulisa izibukeli. "Hhayi! Lo mfazana ngeke amenze njena udadew-

ethu ngisaphila!" Usho njalo nje uza kimi uyagijima, uphethe im-
vubu. Ayifake kabili nje, babe sebephezu kwakhe laba bantu ababe-
zungeze umuzi. Bamuthi mbo! Ngamuzwa ebhongisa okwenka-
bi ehlatshwayo. Hawu! ulaka olungaka! Ngiyaphupha yini? Uma
ngiphakamisa amehlo, laphaya esigangeni kuthe saka, abantu balo
muzi ababalekayo! Kukhala ubumayemaye. Izingane zami nazo na-
ziya ziyakhala, ziyabalandela.

Ngasuka nami ngesivinini. Izingane zami ngazifica okhalweni zikla-
balasa. Ngazidonsa. Sabaleka, kubi. Yithi labaya siyoshona lena
ethafeni. Lapho salala singalele. Entathakusa sabamba itekisi, salib-
hekisa eThekwini kumyeni wami, engingazi nokuthi uhlala kuyiphi
indawo.

Isahluko 5

Kukhona abantu abathi ngizame ukufuna indawo yokulala kulezi zindawo zokulala abantu abangenayo indawo yokulala. Abantu engibabuzayo ukuthi zikuphi lezo zindawo zokulala abantu abantula indawo yokulala, bathi abazazi. Abanye bayabhinqa, bathi, "Buza kulaba bantu abafika nemithwalo lapha ukuthi zikuphi lezo zindawo. Khona ngempela uma zikhona izindawo zokulala mahhala, azigcwali yini, bebaningi kangaka abantu abadinga indawo yokulala lapha eThekwini? Ubuya kuliphi-ke izwe wena mama wabantu kepha ukhuluma isiZulu esihle kangaka? Ngabe uyisifikanamthwalo nawe?" Angisabaphenduli abantu abanamagama aneziswana.

Ngingene egalaji elilapha eBerea Centre, ngicele abasebenzi ukuthi bangigugulishele u-'night shelter', ngifuna ukuyolala lapho namhlanje. Ngeke ngilale lapha eBerea Centre. Akuphephile neze.

Ha! Kwaba sengathi ngenza ihlaya. Bahleka kakhulu isikhathi eside sengathi basangene. Abanye babo baze baphathwa yizimbambo, babamba nezisu ezibuhlungu ukuhleka. Kukhona lo bhuti othi uma ukunsinsitheka kwakhe kwehla, angibuze futhi ukuthi ngithini ukuze kuvuseleleke: "Uthi senze ini? Sikugugulishele u-night shelter?" Ansinsitheke ngamandla futhi. Ansinsitheke aze akhale izinyembezi. Abuze ezesula futhi: "Uthi sigugulishe u-night shelter?" "Ha! Ngaze ngavelelwa bo! mntanomuntu. Ngabe akaphilanga kahle lo mntwana wabantu? Noma yilaba bantu abahleka nezinto ezingahlekwa?" Kungicasule kakhulu lokhu kunsinsitheka kwakhe. Angimshaye phela manje ezothula, sekwanele. Ngeke nje ngiphume kuleli galaji ngidunyazwe yile nsini yakhe, yena asale ensinsitheka kamnandi. Lolu yilolu hlotshana olungenayo inhlonipho. Uthe esadengedengezela ukunsinsitheka, ngakhipha isibhakela ngamandla ami onke, sahlala kahle embonjeni wakhe, kwathi xhafa amafinyila! Wathi gilikidi, phansi! Ngathi ngimnyathela ebudodeni ukuze ahlale ekhumbula njalo nje ukuthi indoda ayinsinsitheki okwamanina nje ngaye, bangikhuza: "Hhayi bo! Hhayi bo! Mxolele! Uzomkhubaza. Ayikhahlelwa lapho indoda. Hhayi lapho!"

Ngakhuzeka. Thina safundiswa ukukhuzwa. Nakulezi zikhathi zen-

36

kululeko yokuzenzela umathanda, sisakhuzeka. Asifani nalo mdengedenge ohleka abantu basemakhaya abahluphekile, sengathi ubukhaya nokuhlupheka kuyahlekisa. Nangu manje lo mansin-sitheka esula ummongozima okungapheli. Uwesula empumulwe-ni, awubheke isikhashana esandleni sengathi uyazibuza ukuthi ng-abe nguye ngempela yini lona ophuma lo mmongozima. Anxaphe, bese ewusulela ebhulukweni. Aphindele empumulweni, awusule. Anxaphe. Nalo ibhulukwe lelo selibomvu tebhu! Unokumangala ebusweni. Ngiyambona ukuthi uyazibuza: Ungishayeleni kodwa lo mama ngoba mina bengizihlekela kammnandi nje? Yini into embi ngokuhleka?

Ngamshiya lapho phansi esasula ummongozima. Ngawelela nga-phesheya, amatekisini agibelisa abantu abaya edolobheni. Ngiyazi ukuthi bona bayazazi izindawo lezi. Ngibuze lo mfana obizela aban-tu ematekisini ukuthi ngabe ikuphi i-night shelter eseduze.

"Ini?" Acasuke.

"I-night shelter."

"Unayo imali?"

"Cha, kodwa..."

"Awunayo! Kodwa uyacela lapha eBerea. Uyenzani le mali oyiphiwa lapha?"

"Habe! Yimihlola yami! Nansi enye futhi ingulube inginonela bo!"

"Usuyahlakanipha. Usunamagama ayiziswana. Linjalo phela iTheku. Liyahlakaniphisa." Adonse isandla emehlwini akhe ukubonisa ukuhlakanipha kwami. "Ufike lapha uyisiduphunga esingakwazi nokuphendula uma sibuzwa. Lalela-ke, kulalwa ngemali emashelter. Ayikho indawo yokulala mahhala lapha eThekwini. Ubaleke lena emakhaya wathi uzolala mahhala eThekwini! Nobuthongo buyak-hokhelwa lapha eThekwini."

Ahlukane nami. Amemeze abagibeli: "EMakethe, sisi! Woza mama, sesiyahamba manje! EMakethe! Abeze bonke abaya e-town! EMa-kethe! EMakethe! EMakethe!"

Ha! Yisilingo nje lesi. Ngilingwa ngempela. Kufuneka ngithandaze. Izilingo ezinjena zihlulwa ngomthandazo.

Ngibuze kulabo bhuti bamatekisi amancane ukuthi ikuphi le ndawo

engiyifunayo. Bona bangiphendule ngokuthi indawo yokulala aban-
tu abantulayo abayaziyo iphansi kwebhiliji eliyindilinga phakathi
lena eThekwini, lapho kuqala khona umgwaqo uM4 South Coast.
Ngifuna yona?

Ngicele ukuthi bangiyise khona, ngizama indawo yokulala. Bahleke.
Babuze: "Ngabe uqinisile yini ukuthi ufuna ukuyolala phansi
kwebhiliji nalezi zingane ezincane kangaka? Phela kukwathela-
wayeka lapho. Kuphila ogalakajane kuphela. Ngeke nje ulunge wena.
Awavalwa amehlo lapho. Kusa umuntu wakhona ebhekile, eqaphe
ukuthi angenziwa isilo sengubo."

"Ngathi ninempoxo nje nani bafowethu."

"Nathi sinempoxo?"

"Bangizwani kahlekahle abantu balapha? Impela kukhulu okuza
kungikhokhobela!" Bahleke.

"Abantu abalala phansi kwalelo bhiliji balala bemile. Yibo laba em-
ini abalala phansi kwezihlahla emapakini onke lapha eThekwini."
Bahleke futhi, bese beyabuza: "Kodwa ubuya kumaphi amakhaya
wena mama nezingane ezingaka? Yini ekwenza uyofuna indawo
yokulala abantu abantulayo ngoba awusisona nje isifikanamthwalo?
Ukhishwe ubudlabha yini emzini wakho?"

Ha! Yishwa lani leli? Angingabe ngisabaphendula. Ngingazitho-
la sengilwa futhi. Lokhu kungibuza kwabo udoti kwenza sengathi
impilo yami bayayazi, noma bayifunda lapha kimi ebusweni. Baya-
dakwa! Bangangidakelwa kanjena mina!

Ngiphindele eBerea Centre. Ngihlale endaweni yami, eduze
kwaseNandosi ngenhloso yokuthi umyeni wami ngizombona en-
gena khona. Wathi: "Ngijwayele ukudla eNandosi, eBerea Centre."
Uzofika nje noma yinini, ngisamlindile. Ithemba alibulali.

Isahluko 6

Kungilambise kakhulu ukubona abathengi bephuma bengena eN-andosi. Abanye baphuma nenqwaba yegilosa ezitolo. Le ndlala yami ingisondeze emnyango wasePick 'n Pay, lapho okuphuma khona abathengi nopulasitiki nezinqodlana zegilosa. Ngizibone sengicela khona.

Ngibone indoda ephumayo. Ngingabe ngisapholisa maseko. Ngi-lambe kangaka! Angimcele manje lo baba, angaze ayoshona lena ngilokhu ngizibuza ngiziphendula into engapheli: ngicele lona? Noma ngicele olandelayo? Ngizithole sengimcela lo baba, "Ngice-la ungiphe ukudla mhlonishwa, ngilambile nkosi yami. Bheka nje nalezi zingane zami zilambe kanjani. Yisono lesi. Ngicela ungisize, sesifile yindlala. Kunini sicela ukudla kodwa singakutholi!"

"Uthini?"

"Ngicela ukudla mhlonishwa, noma ngabe ushintshana nje osale kade uthenga. Ungasisiza kakhulu. Sisize impela, safa yindlala nez-ingane zami. Sesilambe kabi!" Ngisho ngichaya izandla, nginikina nekhanda ukugcizelela ukweswela kwethu. "Silambile bandla."

Angibuke isikhashana lo baba. Ngicabange ukuthi mhlawumbe akezwanga kahle ukuthi ngitheni. Ngiphinde, "Ngicela imadlana nje esalile nkosi yami. Ingangisiza ukuthengela izingane zami okuya ngasethunjini, noma isinkwanyana nje. Into nje yokubamba umoya. Zilambile lezi zingane bandla." Ngikhombe izingane zami. "Zil-ambile impela. Ake ubheke nje mhlonishwa, sezifile yindlala. Yisono nje lesi."

"Thula!" Ebhavumula. "Yisono sikabani pho leso? Sami?" Yibhubesi phela lo baba.

Ngethuke. Ngabe usethukuthele njalo? Kodwa ngabe ngimthu-kuthelise ngani? Yini bathukuthele kangaka abantu balapha uma ngibacela?

Lo baba abheke onogada emuva emnyango wesitolo aphuma kuso, athi angabona ukuthi abekho, angibuke engiqala phansi aze angikh-iphe phezulu. "Uyezwa uyangithuka mfazi ndini?" Ngizwe lingihlala kabi lelo lika 'mfazi ndini'. Abuze futhi, "Uyangithuka, mfazi ndini?"

Ukubhavumula kwalo baba kubize amehlo abathengi abaphithize-layo lapha. Bambheke ngokumangala lo baba. Kuzwakale ibhungwa-na lithi, "Ngabe unamadlingozi yini lo mfo? Yini ebiza lo mama ngomfazi. Akasiye umfazi wakhe nje!"

"Hhayi! Mhlawumbe uyashuka lo baba! Insangu uyidla iluhlaza. Ak-aboyisheba, iyahlanyisa," aphendulwe ngumngane wakhe. "Udakwe yinsangu! Ubheme i-*Durban poison*. Yiyo lena emphambanisayo. Uyaphambana manje uMbhozomeli."

"Hhayi! Udle iphilisi lo mbhemu! Yilo leli elimenza abenjena uMb-hozomeli."

Le ntsha ebhinqayo isimethe igama lo baba, kodwa imele kujana, lapho angeke ayibambe khona noma engazama ukuyijaha. Kuy-abonakala futhi ukuthi abamazi, bamphoxela nje lokhu kuziphatha kwakhe okunjena ezitolo.

Abesifazane bona babonise ukunengwa yintukuthelo yalo baba on-gakwazi ukuziphatha kahle emphakathini. Ngizwe omunye usisi ogqoke isiketi esibomvu ebuza abanye: "Yini le ndoda ithukuthelele lo mama wabantu, ezicelela ukudla ngenhlonipho engaka? Lo mama phela usabambe le nhlonipho yasemakhaya. Yiyo emthukuthelisayo lo Mbhozomeli? Uyadakwa! Udakwa impela! Udakelwa lo mama wabantu." Asho esondela kulo baba. "Lalela-ke ndoda ndini, ngi-kutshele izindaba zakho. Uma imadlana yakho uthenge ngayo yon-ke esitolo, noma uzihluphekela njengami nje, yini ungazihambeli, uhlukane nalo mama? Akudingeki uze umnike isizathu. Yindaba yakho leyo. Vala lo mlomokazi wakho okhuluma izinto ezingcolile."

Amehlo alo baba abheje, abebomvu. Lo sisi, bathi uSimangele, usem-jikijela ngamatshe anzima, angavikeki. Ubengawalindele neze neze uMbhozomeli ukuthi angaphuma kumuntu wesifazane. Ujwayele ukujikijelwa amagabade nje abantu besifazane, nabo abakhopho-zelayo. Ngakho-ke amgeje. USimangele uyamnemba. Umshaya ngezimbokodo impela.

Ajikijele enye imbokodo uSimangele. "Abantu abangazithandi izind-aba bavele bamamatheke, badlule uma becelwa. Abawuvuli umlomo wabo." Bavume abathengi. Kukhona abathanda lesi sibindi salona wesifazane otshela indoda kwezikabhoqo - owesifazane okhululiwe, ongakhophozeleli indoda, noma ngabe iyiphi. Kuyacaca kubathengi ukuthi lo sisi uyisishoshovu. Amphinde, "Abantu abazidlulela nje ngokuzihlonipha uma becelwa balahlekelwa yini?"

"Lutho." Kuphendula intsha leya ebhinqayo.

"Wena uzolahlekelwa yini pho?"

"Lutho." Kuphendule abathengi kanyekanye manje.

"Manje-ke, wena ndodamphini uzuzani ngokubhozomela lo mama wabantu uma ekucela imali yokudla?"

"Lutho!" Baphinde abathengi.

"Hlukana naye-ke. Hamba bo, Mbhozomeli!" USimangele akhombise lo baba umnyango ophuma enxanxatheleni yezitolo.

"Uqinisile lo sisi. Hamba bo! Hlukana nalo mama!" Kufakaza omunye walabo bhuti abathe lo baba ubheme insangu efakwe ushevu waseThekwini.

USimangele athi, "Kanti kuyinhlamba yini ukucelwa ngumuntu ohluphekile noma ohluphekayo?" Abheke abathengi. "Niyathukeka nina uma nicelwa ukudla abantu abalambile?"

"Hhayi! Siyabazwela." Kuphendule omunye walabo bhuti abathe lo baba ubheme insangu enoshevu.

Aqhubeke uSimangele. "Kuqale nini ukuba yinhlamba ukucelwa ngumuntu?"

"Asazi! Buza lo baba."

Iphenduke insambatheka le ndaba yethu nalo baba. Ayifiki esiphethweni noma sengifisa kanjalo. Lo baba akahlukane nami, ahambe. Ngiyabona usesaba ukujika kule nto yakhe. Kungamehlisa isithunzi manje ukwenza njalo. Usuke wagxila kakhulu kuyo.

Kuyabonakala manje ukuthi iningi lalaba bantu liyakunyanya ukushiseka kwakhe lo baba. Naye uyakubona futhi lokho. Kube sobala ukuthi uzokhiphela isibhongo kimi manje. Ngenzenjani? Ngixolise? Nembala ngizithole sengixolisa into engazwakali kahle. Ngiguqe phansi kuhle kwenkosikazi ethobela umyeni wayo uma iphazamile, "Nxese mhlonishwa. Nxese, ngiyaxolisa bandla ngephutha lami. Ngixolisa impela."

"Thula, mfazi ndini! Vala lo mlomokazi wakho!"

Ingasiphathi kahle isifazane esilapha le nto yami yokuguqa uma

41

ngixolisa kulo baba. Kube khona intombazane engikhuzayo: "Lalela lapha mama wami, uboguqa kuphela phambi koMdali wakho, hhayi phambi komuntu walo mhlaba - noma ngabe kuthiwa unesikhundla esiphezulu kangakanani. Akekho umuntu lapha kulo mhlaba onguSimakade. Sonke nje singamagugu alo mhlaba, siyophelela emathuneni." Angiphakamise ngesandla. "Vuka, mama wami. Vuka! Wena awumonanga lo baba. Akuxolise yena ngoba nguye okonile." Kube khona amantombazane athi, "Uqinisile wena Sne. Khuza lo mhlola. Indoda ayisakhothanyelwa manje!"

Noma eqinisile uSne, kube nzima kimi ukusukuma. Angiphakamise ngamandla lapho ngiguqe khona uSne, "Vuka, mama wami! Ungabophinde ukwenze lokhu endodeni. Uyasehlisa thina bantu besifazane ngokukhothama endodeni."

Ngisukume. Usangigqolozele lo baba. Waze waba nolunya bo! Hhayi, useyangithusa phela manje. Ngixolise futhi, "Inhloso yami bekungesikho neze neze ukukwethuka, noma ukukuthukuthelisa. Ngikucele ngoba ngilambile. Futhi angikukhethanga phakathi kwabanye abantu ngoba unjani. Bengizicelela nje kuwe ngoba ufana nawo wonke umuntu." Yini kodwa enginyonkoloza kanjena? Ihlo lakhe sengathi elomthakathi. "Izingane zami zilambile. Ngashiywa uyise wazo kudala. Ngifuna yena nje lapha."

"Manje ufuna izingane zakho ziphakelwe yimina?" Washo kwabanda esiswini sami uMbhozomeli. "We mfazi ndini! Yimina uyise walezi zingane othi zilambile?" Kungicacele ukuthi ngimthukuthelise kakhulu, uxolo lwami ngeke esalwamukela. Aphinde umbuzo wakhe, "Yimi uyise walezi zingane othi zilambile?"

Ngiswele impendulo. Ngibheke phansi. Akasangizondi nje kuphela manje, usebonisa ukunginyanya okujulile. "Ngikuthukuthelise ngani nje baba wabantu? Ngokucela nje kodwa lokhu? Ngaze ngaba neshwa bo!" Inzondo yakhe ijulile, ingumgodi omude oshona phansi. Kungenzeka ukuthi uyingelosi yobumnyama. Ebumnyameni uxolo alwaziwa. Izingelosi zobumnyama zilwa noxolo. "Kodwa ngoneni bakithi? Awusahambi ngani kodwa baba wabantu uhlukane nami!" Ngisazincengela.

"Hheyi wena mfazi ndini! Ucabanga ukuthi mina ngiyisiwula esi-

42

hamba sondlana nezingane ezilahlwe ngoyise?" Akhombe izingane zami sengathi ufuna ukuzihlaba ngomunwe. Ikhale le ngane yentombazanyana.

"Mfazi! Yimina uyise walezi zingane othi zilambile?" Uyabila yintukuthelo manje. "Nginguyise walezi zingane othi zilambile?"

"Cha." Sengiyavevezela manje uvalo.

"Uzwe kuthiwa mina lo, Siphamandla," azikhombe ngomunwe esifubeni, "ngondlana nezingane ezilahlwe ngoyise?"

"Cha." Ungifakela amehlo abantu lo baba. Amehlo angaka pho! Ngenzenjani? Ngibaleke?

"Manje?"

Angilamulele uSimangele. "Uma ngabe unaye unkosikazi wena ndoda ndini, umphatha ngalolu hlobo? Engabe uphila impilo enjani nebhubesi elinjena? Mhlawumbe uphila ngezimpama umntanomuntu!"

"Yebo!" Kuvuma isifazane.

"Mhlawumbe uphila ngesibhakela!"

"Yebo!"

"Mhlawumbe uphila ngemvubu!"

"Yebo!"

"Mhlawumbe uphila ngesibhaxu!"

"Yebo!"

Sebefutheke ngobuningi abathengi. Kuyezwakala ukuthi sebediniwe yilo baba. Sebekhuluma nje noma yini emthunazayo. Usengcupheni manje, kodwa akaboni. Uma kungathiwa nje kubo, phezu kwakhe! Bangamgandaya ngokushesha.

USimangele uyasibona lesi simo, ukhwezela umlilo ngamabomu. "Ngiyathemba leyo ndoda ndini seyethiwa la magama amadoda akhohlakele: uMathetha, uMbhozomeli, uBhubesi, uShisampama - angeke nje ngempela lona engabi nalo elinye lalawa magama akutshela ngobubi bendoda lisabizwa. Kungenzeka ukuthi kwakhe kuxwayiswa ngaye izingane, "Buyani nina, liyeza manje ibhubesi! Ngizotshela ubaba wenu nina uma ningangilaleli." Liyafika ibhubesi, abantwana balo sebecashile. Uma bekhuluma, bayahleba, phela uma like labezwa nje bethi vu! Lithi babanga umsindo, abahloniphi. Li-

43

babhaxabule. Ngakho-ke liyasatshwa. Hawu! Kanti amadoda anjena asekhona kulesi sikhathi?"

"Asekhona maningi!"

"Yisilwane lesi!" USimangele akhombe lo baba.

Ahlabeke lo baba, kodwa akhiphele isibhongo kimi. "Yini ungangiphenduli wena mfazi ndini uma ngikhuluma nawe?" Ubhekene nami nje ngqo! "Indoda yakho yakulahlela yona le mikhuba. Ungumalala epayipini wena."

"Ha! Ha! Ha! Hhayi bo! Unenhlamba lo Mbhozomeli!" Kubabaza uSimangele. "Sekulingene." Akhwezele kuvuthe ikloba. "Akashaywe manje lo Mbhozomeli. Niyamsaba yini?" Akhombe amadoda alapha, amaningi abheke phansi. Ambalwa asikeka. Nami ngahlabeka.

"Ha! Uyangithuka Mbhozomeli. Ngenhlamba engaka! Ungithatha kanjani lo muntu engangazi nokungazi?" Ngibuza laba bathengi abangizwelayo. "Ungithukelani ngempela wena ndoda ndini?" Ngisho ngikhomba le ndoda ngomunwe. "Lalela-ke, mfo kababa." Sekuthi angimdumele manje, sitholane phezulu njengezimpongo. "Ungangithathi ngokuthi ngingumuntu wesifazane. Ngizokumangaza mina. Mina ngelusa nabafana ePhuphuma, ngaqhathwa nabo." Uvalo seluphele nya, manje! Ngasondela kuye. Ngama eduze kwalo sisi oyisishoshovu. Sizomhlanganyela. Ngeke nje asehlule sibabili. "Okokuqala, wena sikhohlakali ndini bengikucela nje, ngoba bonke abantu bayacelwa. Angikucelanga ngoba ngicabanga ukuthi unani lena ekwenza uzibone sengathi ungcono kakhulu kunabo bonke laba bantu engingabacelanga. Okwesibili, indaba yokuziphatha kwami awuyazi. Okwesithathu, mina ungangithathi ngendlela othatha ngayo abantu besifazane. Uma kuwukuthi uthatha abantu besifazane kalula, ungangithathi kanjalo mina. Okokugcina, hamba nja ndini uyofa naleyo madlana yakho oyihola kusathane." Ngamkhomba futhi. "Uyangizwa Mbhozomeli?" Athule.

"Uzwile unezindlebe." Kusho uSimangele. "Mtshele izindaba zakhe. Angakwenzi isidwedwe eqala nokukubona nje. Mthuke ngazo zonke izinhlamba ozaziyo. Ulwa kanjalo umuntu wesifazane nendoda ekhohlakele. Mthuke!"

Athi lapho ethi ungisakaza ngempama lo baba, kukhale ubuhhayi,

hhayi kubathengi. "Ungalingi nje! Umenzani?" Ame, abheke laba abamkhuzayo. Anxaphe. Uzimisele impela ukungishaya.

Athi uphonsa impama futhi kube esasekuqaleni. Bamkhuze. "Habe! Yenzani le ndoda ifuna ukusibonisa imihlola?"

"Yini ngempela oyifuna kulo mama? Hhayi bo! We ndoda ndini. Umbangisani lo mama weNkosi? Ukwenzeni kahle hle?" Kubuza uSimangele.

"Ngizomsakaza ngempama!" Amehlo akhe esehlengezela izinyembezi manje.

"Uze ungalingi nje! Mina angikwesabi, eqinisweni wonke amadoda angiwesabi, ukuthi nje kuphela ngiyawahlonipha."

Kuthukuthele mina manje. Ngathi ngimqhumisa ngempama, wabamba isandla sami kakhulu, kabuhlungu wathi, "Awunaso isimilo wena mfazi ndini."

"Myeke!" Kusho uSimangele. Angiyeke isandla lo baba. "Sekwanele manje." Agxumele buqamama uSimangele, azishaye esifubeni. "Uma ufuna impi kulo mama, woza lapha kimi. Yimi untanga yakho. Mina indoda ngiyayishaya. Ufuna ngikubonise?" Wabeka isikhwama sakhe phansi. Wahlubula okungaphezulu, kwasala ubhodisi. Ujimile bo! Unomzimba ofana nowendoda ejime kakhulu! Uyagxumagxuma, ukhahlela umoya. "Mina indoda ngiyigingqa phansi ngesibhakela ngokushesha." Usevutha engabaselwe.

"Uyadlala nje dikazi ndini. Mina angidlali nezinto ezinjengawe."

"Woza lapha kimi wena Mbhozomeli ngikufundise isifundo. Woza!" Ume eshashalazini manje uSimangele.

Amangale nje uMbhozomeli. Udidekile ukuthi ayamukele kanjani le nselelo yokubizelwa eshashalazini ngumuntu wesifazane. Kube sengathi le nto yokubizwa iqhude ngowesifazane uyayizwa, kodwa akayizwisisi kahle.

"Ufanelwe ukubulawa wena nja ndini. Uyezwa?" Asondele eduze kwakhe uSimangele.

Uyanqikaza manje lo baba. Le ntombazane engisukumisile ithi, "Nazo-ke izintanga zakho. Khwezela phela sibone ukuthi isikhuni sizobuya nani." Yinhle bo le ngane yabantu. Ngangimuhle nami. Ngaze ngakhumbula kuseyimi, ngisadansa noyise walezi zingane engizula nazo namhlanje.

"Woza lapha kimi ngikubonise umdlalo!" Akhexe lo baba. "Woza! Woza lapha wena nja ndini sibhakelane. Awuyazi inqindi yomuntu wesifazane ngiyakubona. Woza lapha ngikuzwise yona. Woza bo!" Wafingqa amanqindi uSimangele, waphakamisa iziphanga ngamandla, kwavela izinkonyane. Wakhahlela emoyeni, vuthu! Wagxumagxuma kusengathi usesibayeni sesibhakela sokukhahlela.

Usemanqikanqika lo baba. Usesineka nje into engatheni. Bamhleka abathengi. "Uqondene nomaqondana! Qhude manikiniki! Zitheleleni ummbila ziqhobane!" Nalokho kwamxaka.

Ikhehla lentshebe emhlophe ladabula iphakethe lalo lempuphu eyimpuphu. Layicaphuna. "Wozani lapha nina nobabili nginiqhathe. Ngiyabona niyesabana. Ngiyayiqeda manje le nto yenu engapheli. Inhlabathi ayikho lapha, kodwa le mpuphu izowenza lowo msebenzi. Wozani!"

Akezi lo baba. Ikhehla lasondela kuye. Weza ngomdlandla omkhulu uSimangele. Lithe nje ikhehla lisaphakamisa isandla esinempuphu phakathi kwabo. USimangele wasithi, vuthu! Impuphu yathi wuhlu! Ichithekela kuMbhozomeli. Ikhanda laba mhlophe wu!

Kwathuleka kwathi cwaka! Ngesikhathi lo baba ezibuka umzimba omhlophe yimpuphu. Wanikina ikhanda. Wazithintitha impuphu emzimbeni wazisula nasebusweni. "Mina angiqhathwa nabesifazane." Washo ekhothama, ethatha izikhwama zakhe ukuze ahambe, kanti akabuzanga elangeni. USimangele wamvuthela ngempama esagobile. "Mina, ndoda ndini!" Wamangala umnumzane. Kuthe uma ethi uyaphakama, wahlangana nempama enzima. Wadidizela umnumzane. Esadidizela kanjalo inqindi enye yahlala empumulweni kumnumzane, kwathi xhafa! Kwachitheka amafinyila! Wahlehla nyova lo baba njengomuntu ozama ukungawi ngesiphundu uma eshelelile. Esahlehla kanjalo wabe esefikile futhi uSimangele ngesibhakela esinzima emlonyeni. Waphela amandla lo baba. Uthe lapho eyowela phansi babe sebefikile onogada, bambamba engakaphahlazeki. Kwabonakala ukuthi basebenzile ngokuphuthuma. Ukuba bekungenjalo, ubezokuwa ngesiphundu, alimale kakhulu, mhlawumbe afe nokufa. Ihlazo ebeliyoba semgcwabeni wakhe! Bekuyoqala inhlebo kusathonwa utshwala, "Nizwile? Bathi ushaywe ngesibhakela yintoka-zi yaseThekwini, yamlahla phansi, akabange esavuka." Nosezama ukuyimboza ngamanga le ndaba ngelanga lomngcwabo, usethathwa njengalaba bantu abathumeka kalula, laba abenzela abanye imise-benzi engcolile.

Isahluko 7

Onogada basidonsele ngaphandle, "Hambani niyolwela kude le nezitolo, niphazamisa ibhizinisi lapha." Sikhishwe ezitolo. Basilandele abathengi. Abasebenza ezitolo baphume bebizana: "Hheyi! Wozani bo! Akenizobona lo mfazi oshaya amadoda!" Abasathi oshaye indoda. Bamthola esafuthekile-ke lo sisi oshaya amadoda, eshaya izibhakela eziphelela emoyeni abuye akhahlele emoyeni: Vuthu! Vuthu! Phela ukhombisa ukuthi uma unyawo lwakhe lungahlangana nobuso benye indoda ebhozomela abantu besifazane lapha, nayo izowa phansi.

Mina angisanakwa. Sekubhekwe lo sisi oshaya amadoda. Kubatshazwa ubushoshovu bakhe.

Noma kunjalo, kukhona ebadinile le nto yokushaywa kwamadoda, abathi baqala ukuyibona. Uma ifike nenkululeko, iyivelakancane, yini pho kukhulunywe ngayo sengathi ijwayelekile. Abanye bayawathandabuza la mandla alo sisi, bathi awahambi nje wodwa. "Mina amadoda angiwameli, kodwa uSimangele ukwazi kanjani nje ukuwashaya thina sihluleka? Asihluleki nje ngoba siwesaba, sike sizame. Sihlulwa ukwenza. Uwathathaphi yena yedwa la mandla angaka okushaya amadoda? Ngiyasola uthwele. Ngeke nje ngempela indoda engaka ithithibale nje umuntu wesifazane eyimukluza kanjena!"

Kusola le ntombazane enhle, abathi uSne. Izwi layo lizwakala ngaphezu kwamanye. Iphendula nje konke, nokungayifanele. Okunye uyazikhulumela nje. Azwakale ethi, "Ngiyathemba amadoda afunde isifundo namhlanje. Kusukela manje amadoda azobahlonipha abantu besifazane. Abantu besifazane bazikhululile ejokweni lamadoda, sebephihliza amadoda esidlangalaleni manje, hhayi nje kuphela emizini yawo." Sengathi uSne ufuna ukuba negama lokugcina kule ndaba.

"Uqinisile uSne. Isikhathi samadoda ashaya abantu besifazane siphelile manje. Silwela inkululeko yabesifazane. Siyaphambili, asijiki!" Nami ngiveze owami umbono.

"Yebo, uqinisile wena mama." Ame nami uSne.

"Niyadudana nje nina. Ayikho le nto yenu." Sikhuzwa isangoma.

"Ayikho." Kuphika isangoma.

Ngimphikise nami lo gogo oyisangoma, "Gogo, yini uvune amado-da? Imbokodo isigaya ngomunye umhlathi phela manje. Akekho umuntu wesifazane ozokhahlelwa yindoda kulesi sikhathi samanje. Isifazane sikhululiwe."

"Yebo!" Bavume kuzwakale ukuthi bangeseka ngobuningi. Abaphikayo izwi labo limbozwe yileli elivumayo. Bona babonakale nje ngokunikina amakhanda.

"Amandla!" Ngiphakamisele phezulu inqindi.

"Awethu!" Bangivumele abathengi kuze kuvume namabhilidi ase-Berea imbala. Ngikhuthale.

"Akekho umuntu wesifazane ozobhaxabulwa ngemvubu kulesi sikhathi samanje."

"Yebo!"

"Akekho owesifazane ozoncishwa imali, kodwa iphiwe amadikazi."

"Yebo!"

Ngiphakamisele inqindi yami phezulu futhi. "Phambili ngabesi-fazane, phambili!" Bangivumele ngezwi elinamandla ukwedlu-la phambilini. Kungicacele ukuthi manje isiyabonakala indima ehlakulwe abantu besifazane.

USimangele angijoyine naye ngokuphakamisa inqindi, athi, "Phansi ngamadoda, phansi!"

"Batshele!" Kubekhona ukwehlukana, amadoda athile achitha iza-ndla. Kuvunguza umoya wempi manje, la madoda achithe izandla esefuna ukuzivikela. Singene phakathi isangoma. Sifuna ukwehlisa le mimoya esiphakeme. "Bantwana beNkosi, ayiphele manje le nto yokugxekana. Angiyiboni mina ukuthi yakhani. Iqiniso lihle. Iy-abhidliza manje Ie nto yenu." Sikhuze impela isangoma. "Awuchitheke manje lo mhlangano othunaza amadoda."

"Siyakubona wena gogo, umela amadoda." Ngiphendule lesi sang-oma. Bangivumele ababona ukuchema kwaso.

"Yini wena gogo umele amadoda?" Ngisibheke ezinhlamvini zame-hlo isangoma.

"Angikhulumeli muntu. Ngimele iqiniso. Le nto okhuluma ngayo sengathi iyisiko angiyazi mina. Angilazi mina isiko elithi amadoda

49

kumele ashaye abantu besifazane ukuze abonakale kahle ukuthi an-
gamadoda."

"Kodwa benza njalo."

"Alikho isiko elinjalo."

"Basishayelani pho?"

"Awungizwanga kahle. Ngithe, alikho isiko elinjalo."

"Uphindaphinda into eyodwa, gogo. Nathi siyazi ngamasiko. Uku-
shaya abantu besifazane noma kungesilona isiko, kusahambisana
nalo isiko lokucindezela abantu besifazane, ngakho-ke sekuthathwa
njengesiko ngabantu abathile. Uma uthanda ungakubiza ngomkhu-
ba nje wokucindezela abantu besifazane. Yindlela yokwehlisa aban-
tu besifazane isithunzi nokubavala imilomo. Futhi, kubonisa ukun-
gazethembi kwala madoda angawuboni lo mkhuba ukuthi uyihlazo.
Indoda eyigwala ixhaphaza abantu besifazane nezingane. Indoda
eqotho ayimthinti nje umuntu wesifazane, ngisho ithukuthele, ay-
imlokothi nje. Iyazihlonipha indoda eziphatha kanjalo. Ukuhloni-
pha omunye umuntu, kungukuzihlonipha wena ngokwakho."

"Uqinisile wena mama wami. Waze wayibeka kahle bo le ndaba!
Icacile manje." Kufakaza le ntombazane enhle. "Phansi ngamado-
da, phansi!" Iphakamise inqindi nje ngami nayo. Bangayivumeli.
Kuthuleke. Kuzwakale amadoda anxaphayo.

"Amasiko ethu asendulo athi amadoda mawahloniphe abafazi bawo."
Kuphawula omunye walabo bhuti abanxaphile. "Namakhosikazi
ahloniphe amadoda awo. Emandulo kwakuqhakanjiswa inhlonipho
ngokubanzi, ngoba kwaziwa kahle kamhlophe ukuthi isebenza kan-
jani. Sekwashintsha-ke manje ukuhloniphana. Amakhosikazi asabe-
kwa ezihlalweni eziphezulu kakhulu ngezinhloso ezithize. Kukhona
ezibadakayo lezi zihlalo, abanye sebephenduke amabhubesi. Niya-
bona kwenzekani khona lapha? Amadoda asemukluzwa abesifazane
ezitolo, emukluzelwa izimali zawo, lezi azisebenza kanzima." Azikh-
ombe esifubeni. "Mina Siphamandla, eyami imali ngizoyilwela ngize
ngiyofa. Indoda eqotho iyayilwela into yayo."

"Bhuti wami, uyasidukisa. Le ndaba uyifaka ihaba." Ngimkhuze.

"Sekufanele siphe labo mama abasicela imali mihla namalanga ngo-
ba sesesaba izibhakela zabo besishayela imali yethu ezitolo. Niyabo-

na-ke liyafa liyaphela elikaMthaniya?" Le nsizwa ezizwayo igqoke ibheshu elihle, elinkone. Isho ngamadavathi ahambelana nombala waleli bheshu layo. USiphamandla ngempela.

"Akunjalo. Amadoda awashaywa abesifazane ezitolo. Ivelaphi le nto yokuthi kushaywa amadoda ngabantu besifazane ezitolo, eshayelwa imali yawo?"

"Sizibonele ngawethu phela indoda ishaywa ngowesifazane ezitolo. Abesifazane sebefuna ukuba ngamadoda?"

"Hhayi, bo! Uvelaphi lo bhuti oshintsha inkulumo kanjena?" Bavungame abangakuthandi ukukhuluma kwalo bhuti. "Uyabheda nje wena Siphamandla!" Kuzwakale izwi lentombazane lena emuva.

"Isiya kude manje le nto yenu bantabami." Kukhuza isangoma futhi. "Ningakhiphelani amagama ajulile, futhi enza kube sengathi asihloniphani."

Nami ngithole ithuba lokumtshela lo bhuti ukuthi usadukuza ehlathini, "Amagama akho bhuti wami aneziswana, futhi awakufanele. Ufuna ukusiphindisela emuva, kwaFaro. Ngeke thina siphindele emuva eGibhithe kuyilapho iKhanana sesilibona." Ngiphakamise inqindi yami futhi, "Phambili ngomzabalazo wabesifazane, phambili!" Bavume ngamandla. Ngikhuthale, bangipha amandla. Bayangizwa, futhi bayangizwela.

Kube sengathi uyehla lo bhuti uma ebona lokhu kwesekwa kwami, kodwa ubukeka sengathi uthanda ukuphawula yonke into, futhi ujwayezwe ukuthi kugcine elakhe igama, noma lilibi. Aqhubeke. "Kunjena nje yingoba kwashintshwa amasiko ethu amahle, ashintshwa yila malungelo abesifazane. Bawathanda kabi abesifazane la malungelo abo abenza bazizwe bekwelenyoni, kodwa ngakolunye uhlangothi ebe ediclela phansi isithunzi samadoda. Le politiki yabo bayifaka yonke indawo ngenjongo yokubulala amasiko amahle esintu - la masiko ayefundisa abantu bakithi inhlonipho yomdabu, hhayi lena echemayo."

Lo bhuti anyonkoloze uSimangele sengathi amasiko ashintshwe nguye, maqede abheke mina, "Umuntu uvele abone into yenziwa ndawana thizeni engayazi nokuthi iyini empeleni, hhayi, usethathekile yiyo! Ahambe esishumayeza ngayo emabhasini nasezitolo:

51

"Sekunjena manje ngamadoda; sekwenziwa njena manje ngamado-da." Usho njalo nje umuntu wakhona akazazi nokuthi ume ngayi-phi insika." Lo bhuti abheke uSimangele isikhashana, maqede athi, "Mina ngisabambe elentulo. Angihambisani nalabo thathekile!" Anxaphe kuze kuzwele nakimina. Ngize ngizibuze ukuthi kazi in-gane kamabani lena enalo mkhuba onjena. Iphakeme bo!

Isangoma simkhuze uSiphamandla ukuthi anganxaphi. Abukho ubuntu kulokhu kuziphatha okunjalo kwakhe. Angabukeli phansi abanye abantu, kodwa ngakolunye uhlangothi ebe ekhuluma ngama-siko aphakamisa inhlonipho.

Kubonakale ukuthi uhlabekile uSiphamandla, abheke kabi uSi-mangele. "Amasiko akudala ashintshwa yilaba besifazane abafuna ukulawula amadoda abo." Abheke mina manje. "Sihlala silwa nja-lo nje emakhaya uma kwenziwa imisebenzi yesintu, sibanga yona le politiki yabo abayifaka nalapho ingadingeki khona!"

"Hhayi bo!" Baphika kanyekanye abesifazane. Kubenezwi eliz-wakalela phansi elithi, "Uyabheda wena mabheshwana! Thula Sip-hamandla!"

"Kubheda bani? Ubani othi mina ngiyabheda?" Afuthuke lo bhuti. Unenkani yeseleselele.

Kuthuleke isikhashana, kuzwakale yena futhi, "Niyezwa-ke abesi-fazane bamalungelo sebesiphendula kanjani manje?"

Sikhuze futhi isangoma, "Mihle le mibono evela lapha, kodwa akun-gasetshenziswa amagama anzima nathunaza labo abanemibono ehlukile. Akukhulunywe nje kahle. Kuyaboniswana, akuliwa." Bam-lalele.

"Iyisicefe le nto yala masiko enu abhedayo enithi ashintshwa abesi-fazane. Amadoda enza amasiko ngenhloso yokuphakamisa amado-da, nokucindezela abantu besifazane." Kuphawula uSne, ephendula konke okukhulunywa lapha. Kuhlekwe. Kuyabonakala ukuthi aka-kunaki nje lokhu kufutheka kwalo bhuti webheshu.

"Akunjalo-ke dadewethu," iphike le nsizwa yebheshu. "Usemncane kakhulu. Awazi lutho ngamasiko. Wazini ungaka?"

"Wazini wena ungaka? Wazenza omdala bo!" Kuhlekwe. "Mina an-ginendaba nobuncane bami. Ngimncane noma ngingemncane, an-

52

gisoze nje ngihambisane nala masiko akho noma ngabe yimaphi. Angikhathali nokuthi madala kangakanani noma masha kanga- kanani." Kwahlekwa futhi. "Nina madoda niyamangaza. Zonke izin- to eziyisiqalekiso kulo mhlaba nizibeka exhibeni labantu besifazane, maqede niyogiya laphaya esibayeni ngezenu - lezi enicabanga ukuthi ziqhakambisa amadoda. Nansi enye indoda isimangaza ezitolo. Ithi ukucelwa owesifazane sekwaba yinhlamba. Yiliphi isiko kula masiko akho othi awomdabu wena Siphamandla elithi uma inkosikazi ice- la indoda ezitolo, kufanele imenze le nto eyenze lo mama?" Ingik- hombe le ntombazane.

"Ahlangana kuphi amasiko nezitolo?" Kubuza lo bhuti webheshu.

"Yimina engikubuzile. Phendula!"

"Ucelelani yena lo mama ezitolo nezingane ezincane kangaka? Yini angahlali emzini wendoda yakhe, noma azishiye ekhaya lezi zingane azihudula kuyo yonke le ndawo acela kuyo?" Athule. Ulinde impen- dulo.

"Awekho amadoda acela ezitolo?" Ngimbuze. "Uyangidina wena mfana. Uziphathisa okwenkosana esithenjiswe ubukhosi uyise esa- phila."

"Ayikho inhlamba lapho?" Abuze lo bhuti.

Nami ngimbuze, "Yisiphi-ke isono sowesifazane uma ecela ezitolo?"

"Sesisuke emasikweni sangena ezonweni manje?"

"Amadoda wona akusiso yini isono uma ecela ezitolo?"

"Isono sabesifazane ukuhudula izingane, bazocela ngazo ezitolo. Asikwenzi lokho isilisa. Uke uwabone kuphi amadoda ahamba nez- ingane ezingaka ezitolo? Sisakhuluma ngamasiko?" Kubuza lo bhuti.

"Sikhuluma ngani kanti?" Ngimbuze nami.

Angiphendule lo bhuti, "Akusiwo amasiko lokhu esesikhuluma nga- kho manje, ngisho lokhu kucela kwabantu ezitolo. Wena nkosikazi ecela ezitolo, udukisa nje le ndaba. Kodwa uma singakhuluma nge- siko lokucela, lokhu kucela okunjena ezitolo kwakungathathwa njengehlazo ngalezo zikhathi zasemandulo. Ngisho ngoba emandulo ukuphila ngokucela kwakuyihlazo, futhi kwakungaxhaphakile kan- gaka njengoba nakho sengathi sekungamalungelo, wona lawa afika nale mfashini yepolitiki yabesifazane." Bamvumele. Akhukhum-

53

ale. "Emandulo, kunokuthi ucabange ukuthi uzophila ngokucela, wawusebenza kanzima ukuze uhlale usuthi. Nencwadi eNgcwele iyakusho ukuthi umuntu uyophila ngezithukuthuku zakhe …"

"Hhayi 'umuntu', 'indoda'. Bhuti wami, kwakukhulunywa nendoda, u-Adamu, hhayi abantu." Kuphendule leya ntombazane ephendula konke.

Kuthulathuleke. Ngathi kusetshiswa le ndaba 'yomuntu' 'neyendoda' efanele ukuphila ngesithukuthuku sebunzi layo.

"Izingane zifunani zona ezitolo? Noma lokho kuwukubonisa thina bathengi ukuthi le nkosikazi ecela nezingane ihlupheka kanga-kanani yodwa nezingane? Noma ukubonisa thina madoda ukuthi le nkosikazi endinda nezingane yalahlwa yindoda; okusenza thina ma-doda sibe babi kule politiki yamalungelo achemayo? Noma ukusi-bonisa ukuthi watholiswa izingane yindoda engasamnaki - okusi-beka kabi futhi thina madoda emehlweni omphakathi osuphethwe ngamakhosikazi? Namhlanje sesifanele sithinsilele izimali zethu esi-zisebenza kanzima kula makhosikazi acela ngezingane, sondle lezi zingane ngoba nje singamadoda, ngoba oyise bazo, abangamadoda bengazondli. Sikwenze thina lokho, kodwa awethu amakhosikazi ebe engaphaphatheki ezitolo nezingane zethu, ehlezi kamnandi nan-gesizotha emizini yethu."

Bayamseka abathile lo bhuti. Bavuma ngamakhanda. "Iqiniso alikhulunywe. Thina singabathengi sesidiniwe yile nto yokusetshen-ziswa kwezingane ukucela ezitolo. Eqinisweni ubugebengu obuthile nje lobu. Sibanjwa inkunzi ngendledlana ethile."

Kube khona abathi inamagama azwakalayo le nsizwa yebheshu. Baphendulwe yizwi elicashe kude lena emuva elithi, "Indlu yegagu iyanetha!"

"Lo mkhuba wokucela ngezingane uhambisana nobugebengu besi-fazane. Sibanjwa inkuzi ngezindledlana ezithize." Isagalela le nsizwa yebheshu.

"Akunjalo." Aphike uSimangele. "Lo mama akasiso isigebengu. Njen-goba umbona elapha nje akazenzi. Uhluphekile. Awukuboni wena lokho?" Inikine ikhanda le nsizwa yebheshu, kodwa aqhubeke lo sisi. "Phela ukuhlupheka kwalezi zingane okumlethe lapha lo mama.

Wena bhuti othi usudinwe abantu besifazane abahudulela izingane ezitolo, into amadoda angayenzi, awazi lutho ngokuhlupheka, ika-khulukazi kwabantu besifazane. Usemncane kakhulu, futhi uyabon-akala ukuthi ukhulele phakathi komhlane nembeleko. Ukuhlupheka kwamanje akufani nalezi zinganekwane zasemandulo ositshela zona emini kangaka. Izingane zikhuliswa yithina makhosikazi. Yithina esazi ubunzima bokukhulisa ingane. Uma indoda ikushiye unke-mile nezingane zayo, uzozishiyelani zona ekuhluphekeni? Lo mama ngabe akekho lapha ukube indoda yakhe ibizondla kahle lezi zin-gane zayo. Ukube uyise wazo uyindoda eqotho njengawe mfokaba-ba, ngabe naye lo mama unethezekile emzini wakhe, njengowakho unkosikazi."

"Uqinisile lo mama." Kufakaza uSne.

"Wena ntombazane usazokwenda, ube umfazi. Kuzophela konke lokhu kukhuluma kwakho kanjena uma usungumfazi wendoda esh-aya umthetho emzini wayo."

"Umfazi, ungumfazi wendoda. Mina bhuti angisoze empilweni yami ngibe yinto yomunye umuntu. Mina ngizohlala nginjena." Kuphen-dula uSne.

"Niyabona-ke! Izinto zimosheka kanjena. Nanti ivangeli elisha, leli elishunyayelwa yile ntombazane engazi nokuthi lidumephi umhlaba ungaka. Lakhani ivangeli lale ntombazane? Usemncane sisi, usazok-wenda." Lo bhuti usebonisa ukucasulwa yile ntombazane. "Mina an-giwalaleli la mantombazane akhuluma izindaba zemishado engaka-shadi nakushada. Azini ngemishado?"

"Akudingeki ngize ngishade bhuti ukuze ngikhulume ngezinto ezicindezela abantu besifazane emishadweni. Ngikhule ngizibona. Yingcindezelo yemihla namalanga. La masikwana acindezela abantu besifazane aphelelwe yisikhathi!"

"Yebo!" Kuvume imoli yonke. Wachazeka uSne yizihlwele. Ikhulu-ma isiZulu ngesiNgisi.

Kuthuleke. Kubonakale sebehamba abanye abathengi. Ngibamise, ngithanda ukubabonga bonke ngokungeseka. Ngibonge nakulo sisi ongisize kangaka, indoda ingigilela imihlola. "Waze wangisiza bo, dadewethu! Ubani nje obengangihlangula emlonyeni wengonyama amadoda esabana kangaka kulezi zinsuku? Ngiyokukhohlwa ngi-file." Bahamba-ke.

Isahluko 8

Lo gogo oyisangoma asale uma abanye abantu bechitheka. Angimthandisisi neze neze lo gogo. Ngimzwile evuna lo bhuti webhesu elinkone. Ubefanele ame nathi, singabantu besifazane, hhayi ame namadoda.

"Kukhona into engangiphathanga kahle ngakho konke nje ukuziphatha kwaloya muntu wesifazane oshaye indoda esitolo. Yebo ngiyavuma, indoda eshayiwe iziphathe kabi, nami ngikubeke kwacaca kuyo lokho, kodwa okwalo sisi oyishayile sekuhamba ngomunye umkhakha." Athule sengathi ulindele ukuthi ngimphikise. Ngiswele impendulo, kwazise ukuthi ayikavuthwa le ndaba yakhe. "Ngiyabona uthathekile impela yilo mhlanguli wakho. Baningi abathathekile nguye."

"Ngiyakuzwa gogo wabantu. Empeleni angithi sengikuzwile, ngicela ukuhamba manje."

"NginguMaMthembu, hhayi ugogo wabantu." Athulathule. "Awungizwanga. Uma ufuna ukwazi ukuhlupheka usebenzela umuntu wesifazane, hamba uyosebenza ekhishini lalaba besifazane abathi bakhululiwe. Abanye babo bazokukhombisa!"

"Uyabazonda bo!"

"Njengoba uhluphekile nje, uboke uthi lowaya nkosikazi oshaye indoda akakunike umsebenzi wokukorobha insila yomuzi wakhe. Uzokumoyizelela iviki lokuqala usakhuculula inkunkuma yomuzi wakhe. Uzoqeda, awubone ucwebezela umuzi, ahwaqabale manje uma nibhekana. Emuva kwalokho uzokutshela ngobuvila bakho, akubuze nokuthi yini ubheka indoda yakhe sengathi uyayifuna nje. Ngeviki ozohola ngalo, uzokukhahlelela laphaya esitaladini, uhambe ufihliza, ungaholanga ngisho nesenti elimnyama leli."

"Abantu besifazane abafani."

"Amadoda wona ayafana?" Ngingamphenduli, noma kunjalo aqhubeke. "Njalo nje uma nikhuluma ngamadoda nisho sengathi ayefana. Awafani amadoda. Eyami indoda ngisahlala nayo. Angiyazi impama yayo. Eyakho indoda yakushiya uduvile ePhuphuma. Yakushiya ngoba unjani?"

Ngithule. Iyangithukuthelisa le nto yokugxekwa ngendoda esengiyihluphekele kangaka. Ngabe ungizwani lo gogo ongijikijela ngemicibisholo ebuhlungu kangaka?

"Unobuwula ngane yami. Ngiyacabanga nasePhuphuma ushiye bekubabaza ubuwula. Ngiyakubona, ngeke ulunge ukuphila eThekwini. Lapha kuphila abesifazane abanomqondo okhaliphile nohlakazekile."

"Ungizwani nje wegogo wabantu?"

"Ngikuvula umqondo. Ngiyakuhlakaniphisa. Ngikwenza unkosikazi oqotho, onesithunzi. Hhayi le nto oziphendule yona laphaya ezitolo. Indoda ingakushiya emzini wayo, wena ucabange ukuthi uzoyithola ezitolo? Ukuhlakanipha lokho?"

Ahambe lo gogo. Athi eselephaya, aphenduke. Ngiyabona likhona alikhohliwe. Ngabe yiliphi esengitshele kangaka?

"Ikhona into engithi angiyikhiphe esifubeni sami noma usubihlika njena."

"Bengithi usukhiphe ingonyuluka?"

"Bengithuke kakhulu ngithi lo nondindwa oshaya amadoda uzogcina ekhuluma izinto eziyihlazo. Ngibonile ukuthi uyacabanga kancane."

"Kancane? Uhluzekile umqondo waloya sisi!"

"Bengithukile, ngithi uzogcina esekhuluma ngokukhishwa kwezisu. Besengimlolele amagama. Lokhu wena kanye naye enithi ukuxhashazwa kwabantu besifazane, akungaditshaniswa neze neze nokubulawa kwezingane zingakazalwa nokuzalwa, zingenaso ngisho nesici! Icala leli. Zibulawa nje ngenxa yobudlabha bonina. Namhlanje emapalini sekuchonywa izincwadi ezimaketha ukukhishwa kwezisu: safe abortion; painless abortion; sameday abortion; affordable abortion; cheap and safe abortion. Sekuzovuka abeNguni!"

Kube khona into engibindayo futhi uma ngithi ngiyakhuluma. Kodwa ngimangale nje ukuthi ngabe lo gogo ungithatha kanjani.

"Umuntu munye esezelwe noma engakazalwa. Ukubulala umuntu kunye: ukubulala nje kwaphela. Akukho ukubulala umuntu okungcono. Konke ukubulala umuntu kubi. Akukho ukubulala umuntu okukhulu; akukho ukubulala umuntu okuncane. Ngeke uthi uma ubulele ingane ingakazalwa, uthi ubulele umuntu kancane. Ukukhipha umphefumulo womuntu engakazalwa noma esezelwe kuyafana: ukubulala umuntu. Ukukhipha isisu, ukukhipha umphefumulo womuntu ongakazalwa, akungcono kunokubulala umuntu osezelwe. Uyezwa?"

"Ngiyezwa."

Ahambe-ke uMaMthembu, engishiya nomunyu, kepha amazwi akhe angihlale kabuhlungu kakhulu enhliziywneni. Lo munyu angishiye nawo uMaMthembu awupheli. Wakhele lapha enhliziywneni yami. Ungibangela umzwangedwa uma uxoveka nalokhu kunyamalala kwale ndoda ezifihle eThekwini.

Ngizwe ngilokhu ngizibuza kaningi ukuthi ngabe singithatha kanjani lesi sangoma. Ingiphethe kabuhlungu kakhulu le nto yokushunyayezwa ngokukhishwa kalula kwezisu kulesi sikhathi samalungelo omuntu ngamunye. Abantu besifazane abafani. Bakhona abadakwe amalungelo omuntu ngamunye. Ukungafuni ukuletha emhlabeni ingane esiphila ngaphakathi kuwe ngoba unamalungelo ngomzimba wakho, yindaba yakho. Ukuthi wenzani ngayo leyo ngane esemzimbeni wakho, kuthiwa kuyilungelo lakho ngomzimba wakho. Uma uMaMthembu enenkinga ngalokhu, angazi yini atshele mina ngedwa, phakathi kwabo bonke abantu abamangazwe yile ndoda ezonda ukucelwa ukudla abesifazane ezitolo. Ngizibuze kaningi ukuthi ngabe ungithatha kanjani uMaMthembu. Mina angikaze ngikhiphe isisu, futhi angisoze. Nazi ezami izingane ngehla ngenyuka nazo. Azikho-ke engazibulala zingakaveli nakuvela. Futhi angibazi abantu besifazane abakhipha izisu, abehla benyuka enhluphekweni nezingane zabo eziphilayo njengami njena.

Ngifikelwe ukudinwa okunamandla. Ngithi noma ngithi ngiyocela, ngibuye ngokushesha, ngingatholanga lutho. Sengiyabesaba phela abantu balapha. Ngizibone sengibhuqabhuqeka eduze kwaseNandosi lapho ngifesele khona le ndoda edla lapha uma iphume emahlathini aseThekwini.

Isahluko 9

Kuthe ngisekuleso simo sokubhuqabhuqeka eduze kwaseNandosi, kwafika omunye walaba bafana abacela emarobhothini. Athi usiphathele ukudla: inkukhwana ethosiwe, imifinywana ephekiwe, isinkwana kanye nobisi oluncane konke nje kuncanyana, ngeke kwanele abantu abathathu, abalambe kakhulu. Kusobala ukuthi uyancishana unkabi lo. Athi uyabona ukuthi ngemuva kwalesiya sigameko sendoda ecishe yangenza isilo sengubo, sengiyesaba ukucela ukudla kumuntu ngoba nje ngimbona ephethe opulasitiki begilosa. Wangicebisa ngokuthi kungcono ukucela emarobhothini kunokucela ezitolo. "Umuntu ophuma ephethe izikhwama esitolo kwesinye isikhathi usuke edinwe ukuthi ukhokhe eningi imali le engathandi. Akumnandi neze kubathengi abaningi ukukhokha ezitolo ngoba bathenga noma bengafuni, bethenga izinto eziyisidingo emindenini yabo. Lokho-ke kubenza bathenge ngezinhliziyo ezibuhlungu. Amaqongqela wona akuthola kunzima kabi ukusetshenziswa kwemali njalo nje."

Ngiyizwe kahle le ndaba yalo mfana ngokuziphatha kwabathengi abancishanayo. Ngiyizwe futhi indaba yokucela emarobhothini, kodwa ibe nzima kimi. Ngibe nale nto ebizwa ngokuthi izinhliziyo ezimbili. Inhliziyo yokuqala ithi kimi: Uzolahlekelwa yini uma ungayocela emarobhothini, uthole le mali oyifunayo, bese uthola ukudla? Enye inhliziyo iphike: musa ukuya lapho. Usungena ehlathini manje. Ungazenzi umuntu wesifazane ongenasimilo, ocela imali ngezingane emarobhothini.

"Ungubani igama lakho?"

"NginguSthe,...ehm,...uSithembiso."

Ngishaywe uvalo. Kungathi kuneshwa elingilandelayo. Hleze bangifake isinyama nje ePhuphuma. Bhadi lani elingaka!

USthe athi, "Khululeka. Imali itholakala kalula laphaya emarobhothini wena mama wami, ngoba abashayeli abacasuliwe ukuthenga igilosa bengafuni. Umuntu okuzwelayo uzokupha, kodwa othukutheliswe izinto zakhe, uzozidlulela nje."

Ngagcina ngilingekile. Yahlulwa le nhliziyo ethi ngingayi emarob-

60

hothini. Ngazithola sengibuza uSthe, "Akuphi amarobhothi aseduze lapha?"

Angikhombise, bese engeza ngokuthi, "Siyacoshacosha laphaya mama wami. Imadlana siyayithola ekuseni nasemini uma kuphela isiphithiphithi sabasebenzi, sekuqala ukuhamba abantu abangaxak-wanga yimisebenzi. Ake uyozama nawe, noma isikhathi sesidlulile nje, ubone ukuthi ungatholani. Kungenzeka ube nenhlanhla." Abone uSthe ukuthi ngiyesaba, bese engikhuthaza futhi, "Khululeka impe-la mama wami. Ngizohamba nawe, ngikubonise ukuthi kwenziwa njani. Kulula, uzobona. Uyakhongozela nje bese imali ihlala nga-phakathi kwesandla."

Asho sengathi ngempela kulula kabi ukuthola imali emarobhothini. Ngabe ngempela kulula kanjalo? Aqhubeke, "Ake uyozama mama. Bheka nje imali engiyithole ekuseni njena." Angikhombise yona. "Okwamanje sengidlile lapha eNandosi. Lena engiyiphethe esalile. Uyayibona?" Angikhombise yona.

"Ngiyayibona." Ngisho ngikhophozela. Ngibone ukuthi usathane ungilinga ngemali manje. Phela bathi imali iyisilingo. Kodwa yona ngiyayifuna impela. Uma ngingeyithole, angeke ngikwazi ukutho-la okuya ngasethunjini kulezi zinsuku ezilandelayo. Amandla angi-nawo. Ngizizwa ngibuthakathaka kakhulu.

Kufike umcabango othi angiboleke imali kuSthe ezongiqhuba iz-insukwana uma ngisalwa nalokhu kudinwa okungithene amandla kangaka. Ngabe singithakathile yini lesiya sangoma?

"We Sthe mfana wami, ngicela ungiboleke enye kule mali yakho sizothola okokubamba iphango kulezi zinsuku ezizayo. Ngizothi uma sengithole eyami laphaya emarobhothini, ngikubuyisele. Siza ndodana, isimo sibi!"

Ahlabe lapha nalaphaya njengenalithi uSthe. Kodwa kucace ukuthi imali yona ngeke anginike. Ngizwisise nami. EThekwini imali ay-iphumi kalula esandleni somuntu, ngoba ingena kanzima.

Ngibone kungcono ukuthi ngiyocela emarobhothini. Uma sifika emarobhothini, ngilinde uSthe ukuthi angibonise ukuthi kucelwa kanjani. Ngiyababona abanye ukuthi benza njani, kodwa mina an-gisiyo phela intanga yabo. Kufanele ngicele ngesizotha esifanele uma

ma olingana nami, futhi ohamba nezingane. "Sisi, isikhathi sokucela siyaphela manje. Kungcono uqale ukucela sibone ukuthi ungatholani. Kuzofuneka ume lapha nalezi zingane zakho," uSthe akhombe eduze kwerobhothi. "Uzenze umama ohlupheke kakhulu."
"Ngizenzise? Ngihluphekile mina angizenzisi. Uthini lo mfana madoda? Niyazenzisa kanti nina?" Ingangiphathi kahle le nto yokuzenzisa. "Ngabe nina niyazenzisa?" Angibuke ngokumangala lo mfana. Unephungana lokungagezi. Lingiphatha kabi mina leli phunga lensila. Ngizizwe sengimbuza, "Kodwa yini ningagezi?" Angaphenduli. Abheke phansi. Ngizisole. Ngibone ukuthi ngiphahlukile. "Nibogeza mfana wami. Amanzi awathengwa lapha eThekwini, futhi awalandwa kude le emithonjeni ngemigqomo. Kuvulwa nje ompompi, aziphumele."
"Isikhathi siyamosheka! Bhala nalu uqwembe. Ubhale ngesilungu. Abelungu abasipha kakhulu imali lapha. Ubhale ukuthi ucelela izingane zakho imali yokudla."
Isikhashana ngiqalile ukucela, bavuka umbhejazane abafana engibathole becela kule ndawo. Bangixosha. "Hamba lapha! Yindawo yethu lena. Ufika uvele uyama nje endaweni yethu, awusiceli nokusicela! Ufana nala magundane avele angene nje endlini yomuntu ngokunyenya, athi uma esesuthi akhombise ngemingqashanyana yawo ukuthi asehlala kuyo." Bangidudula, "Hamba gundane ndini! Hamba uyozifunela eyakho indawo!"
Leli Theku! Kuningi okwalo esengikubone ngalesi sikhashana nje ngilapha. "Ngenzenjani manje uma kunjena?" Ngibuza uSthe.
"Kungcono kucele lo mfana wakho. Ngizobancenga laba bafana, bayabheda nje uma bethi le ndawo ngeyabo." USthe abhale olunye uqwembe, alunike lo mfana wami: Please I need food. Help. Sihle isandla sikaSthe. NesiNgisi sakhe singcono kunesami. Sengathi ufundafundile lo mfana. Ngabe wayekiswa yini pho esikoleni esekwazi kangaka ukubhala isiNgisi?
Lo mfana wami aququbale phansi noqwembe. Kungithukuthelise lokho. Yenzani le ngane? Sizama imali yona iyathithibala nje. "Vuka emaqandeni lapho wena ucele nawe ezimotweni. Angithi ulambile nawe? Ngeke mina ngihlupheke ngedwa ukhona. Shona khona, mfa-

na!"

Enze sengathi akangizwa. "Heyi wena! Awungizwanga ukuthi ngitheni?"

"Ngiyesaba mina. Ngeke ngime phambi kwezimoto ezingaka!"

"Mina angesabi?"

"Mina ngiyesaba!"

"Kufanele uqine mfana wami, kuseThekwini lapha. Yeka lokhu kuth- ithibala kwakho kwasePhuphuma." Ngimdumele, kanti uvele uyasola ukuthi ngingase ngimshaye. Achushe phakathi kwezimoto esebale- ka, kukhale amahutha nobiklwiklwiklwi bamathayi. Ngithi lapho ngithi zimpitshizile izimoto, ngimbone nanguya esegijima laphaya ngaphesheya, ebheke phezulu ngasesibhedlela eNtabeni. Ubalekisa okwenyamazane umntanami. Ngibone kungcono ukuthi ngimyeke, uzozibuyela uma ukuthuka sekwehlile. Ngicele uSthe ukuthi amn- cenge abuye.

Ngisalindile, omunye walaba bafana abacela emarobhothi- ni aqhwithwe yiloli, ngamabomu nje, ngumshayeli obonakalayo ukuthi usediniwe ukucelwa njalo nje yilaba bafanyana abajabulela ukuvala kwamarobhothi, khona bezocela imali kubashayeli. Kuso- bala ukuthi lo mshayeli usebenzisa le ndlela njalo. Useyabazi laba bafana. Limshayise kabuhlungwana ngoba nangu usalele lapho limshayisele khona. Ngimangale ukuthi yini engayimisanga iloli lo mshayeli ocishe wabulala ingane yabantu. Nanguya eziqhubela iloli yakhe sengathi akwenzekanga lutho. Abanye abashayeli nabo bam- vike ngokunganaki nje lo mfana esalele emgwaqweni, kube sengathi bavika la mabhokisi alahlwa emigwaqweni yizimfamona ezifuna uk- uphula izimoto zabantu.

Abantu abahamba ngezinyawo bamsuse endleleni lona olimele, bam- beke eceleni kwamarobhothi. Laba acela nabo sebeshaye utshani.

Uma uSthe efika nomfana wami, ngimbuze ukuthi babalekiswe yini abanye uma lona omunye eshayiswa yimoto. Angiphendule ngoku- kuthi, "Abashayeli bathi emini laba bafana babonakala behleka kam- nandi etshwaleni eZigzag, kodwa uma bephindela emarobhothini bazenza izihlupheki ezidinga usizo. Kuthiwa bahlangene nemigulu- kudu eyingozi."

"Kanti nibamba inkuzi lapha emarobhothini?"

"Angikwenzi mina lokho, mama. Mina ngiyazicelela nje kuphela lapha."

"Bayakwenza laba ababalekile?" Angangiphenduli uSthe. "Ngabe basitholile yini leso sifundo akhulume ngaso lowaya mshayeli obekuhuthela?"

"Abashayeli bathi sebekhathele ukucelwa imihla namalanga emarobhothini. Bathi uma bemile, basuke belinde ukuthi irobhothi libavulele, hhayi ukuthi sithole ithuba lokubacela imali. Bathi abaceli bazi kahle ukuthi bazobathola kalula emarobhothini."

"Okusho ukuthi nalapha kusafana nasezitolo, Sthe?"

"Akufani. Lapha awumisi umuntu ngenkani bese uyamcela. Ucela ngoba emiswe yirobhothi."

"Kodwa kucishe kufane, Sthe."

Ngiphindele eBerea Centre. Sihlale futhi eduze kwaseNandosi. Leli khona sengiyalijwayejwayela manje. Ngizozilalela lapha ukusuka namhlanje. Kungcono lapha. Uma ngimemeza, onogada abangaphakathi ezitolo, bazongihlangula ngokushesha.

Isahluko 10

Sengikhumbule ekhaya manje. Ngisazwile ngeTheku nezalo. Ngiqinisile, sekwanele. Le ndoda ndini angisenandaba nayo. Ayisale nemikhuba yayo eThekwini, vele yazalelwa emahlathini akhona. Ngifanele ngizame ukuthola imadlana yokuphindela ePhuphuma manje. Sekusemini ngezikhathi zamadina, elinye lalawa malanga esintula ngawo ukudla. Sengiyazi manje ukuthi wayeqinisile umuntu uma ethi, izinsuku azifani. Zinjalo nezalapha. Noma kunzima njalo nje, kodwa ngezinye izinsuku kuba ngcono. Sicoshacoshe. Kubuye kube nzima ngendlela eyisimanga, size silahle ithemba lokuthi ukudla singakuthola. Ngithole izingane zami zinesithongwana esibangwa yindlala. Uma ziphile lapha, iNkosi izoziphilisa zize ziguge zikhokhobe. Ngifisa ziyikhohlwe le nto ngoba zisencane, kodwa impilo ayinjalo.

Umphumela wendlala ngihlala ngiwubona kumabonakude, uyizithombe zabantu besifazane abakhungethwe yindlala, begone izingane zabo ezibanga usizi. Imizinjana lena ivele izimbambo obala, ziqhunsule amehlo amhlophe, akhombisa khona ukuthi ingqondo ayisasebenzi kahle.

Kungani abantu besifazane abaningi e-Afrika bebhuqabhuqana nokuhlupheka ngabodwana? Ngisho ngoba phela uma sibona lezi zingane zifela ezandleni zonina komabonakude oyise singababoni, siyazibuza ukuthi kazi baphi. Phela babaleka ngamunye ngamunye, bephuma ngelithi: "Nkosikazi, ngisayofunela izingane zami okokuziphilisa. Ngeke ngihlale phansi nje dekle! Ngiyindoda ngibukele izingane zami zibhuqwabhuqwa yindlala." Indoda ihambe ijuba likaNowa. Kwenzeka njalo-ke nakimi. Ukuhamba komyeni wami sekuphenduke isilonda esingapholi enhliziyweni yami. Sibhibha imihla namalanga. Noma kunjalo, ukujula kobuhlungu baso ngeke ngikhulume ngabo komunye umuntu noma ngabe ngubani.

Benginethemba lokuthi abantu besifazane balapha bazongizwela uma bebona lezi zingane zami engicela nazo. Kodwa lutho! Sengathi abalwazi lunjani usizi lomuntu wesifazane ocela ukudla nezingane emigwaqweni. Abancengeki. Banonya! Bayamnyonkoloza nje owesifazane ocela emigwaqweni nezingane! Abafuni nokungizwa nje ukuthi ngithini. Abenza sengathi bafuna ukuzwa ukuthi ngifunani, bangitshela izindlebe zigcwale: Lo mama ufunani emigwaqweni nezingane? Bayizigebengu lab'omama abacela emigwaqweni nezingane! Bayasikhuthuza lab' omama abacela emigwaqweni nezingane! Basebenzisa izingane kabi lab' omama abacela emigwaqweni nezingane! Lab' omama abacela emigwaqweni nezingane abaye koSonhlalakahle, babaphe imali yokondla lezi zingane ezihluphekayo. Abesifazane abanjani bona laba abahudula izingane emigwaqweni? Baphi oyise balezi zingane eziphenduke odingasithebeni emigwaqweni? Owesifazane ocela nezingane emigwaqweni akanaso isimilo. Nasemzini wakhe kuyazicacela nje ukuthi ukhishwe ukuthanda indlela.

Bayakhuluma bo, laba bantu besifazane! Ngiyabazwela ngoba abalwazi usizi lomuntu wesifazane ocela nezingane emigwaqweni njengami nje. Umuntu wesifazane ozigabisa komunye wesifazane ohluphekile, akakwazi ukuhlupheka kwabantu besifazane baleli lizwe. Kudala saphuma eGibhithe kwaFaro, kodwa sisahlupheka thina bantu besifazane balapha. Sasithi nathi inkululeko izosikhulula kula maketango omendo, kodwa lutho. Sisaboshiwe nalezi zingane oyise bazo abangazi nokuthi zilala zidleni. Yithi esithwele ubunzima balo mhlaba.

Lapha eduze kwaseNandosi kunephunga elimnandi lenkukhu. Ngesinye isikhathi lingilambisa kakhulu, ngize ngithi qekelele! laphaya lapho lingafiki ngamandla khona. Kodwa kuthi uma sengingasalizwa kahle, ngibuyele futhi. Amehlo ami awasuki laphaya emnyango waseNandosi. Ngibona bonke abangenayo nabaphumayo. Sengazi nokuthi kuphume bani, ongene nini, kusele bani, osenesikhathi esingakanani ehlezi ngaphakathi.

Kubekhona inhliziyo ethi ake ngicele umuntu ongena eNandosi, hhayi osethengile, wakhokha ngemali yakhe, wadla wasutha, bese engitshela ukuthi imali yakhe useyidle yonke. Ngithi ngiyazama, ngicabange amazwi aloya baba obengibhozomela. Ngishaywe uvalo, ngiyeke.

Kubuhlungu kabi ukulamba, kodwa ukudla ube ukubona. Angikaze ngilambe kanjena empilweni yami. Isisu sami sesenza omkhulu umsindo lo. Ngiyaqala ngqa! Ukuzwa ubuhlungu bendlala ngale ndlela. Buhlasela umzimba wonke, bese ingqondo ingasebenzi kahle, uhlale ucabangana nokudla nje kuphela, hhayi ezinye izinto.

Ngibone umama ophuma e*Pick 'n Pay* esunduza inqola yegilosa. Kuthi angimzame lona ngoba owakithi, ngeke silwe njengaloya baba owangimangaza. Noma kunjalo, ngishaywe uvalo. Sekunzima uku-cela manje. "Nkosi yami, ngabe lukhona uzwelo kule ndawo enjena?" Ngizwe sengiphimisela ngaphandle, imicabango yokuhlupheka kwami ayisapheleli enhliziyweni nje kuphela. Kuqala kanjena noku-sangana. Indlala yenza nekhanda lingasebenzi kahle.

Lo mama athathe igilosa yakhe, ayifake emotweni yakhe kanokusho, egitshelwa yizigwili eziphezulu zamadoda. Yinhle impela, futhi iy-abonakala ukuthi eyemali eshisiwe. Yilezi zimoto eziphezulu, ezi-belethe isondo emhlane elithi, mina ngiyi 4x4. Kuyabonakala futhi ukuthi lo mama eyakhe le moto, hhayi ayithengelwe noma ayeboleke kumyeni wakhe ukuzokwenza igilosa namhlanje.

Uzikhululekele nje lo mama - ukhululiwe emaketangweni obugqila nobubha. Yilaba besifazane abathi, sesifikile. Ufikile impela, amanga mabi. Phela lesi yisikhathi senkululeko yabantu besifazane. Impilo yalo mama ngiyayifisa. Ukuba le moto eyami, bengizoke ngiye lena ePhuphuma. Bengiyofika ngitshele amadoda akhona kwezikabho-qo, "Le moto ngizithengele yona ngemali yami. Okunye futhi, an-giyikweleti. Ikhokhelwe cash! Ninenkinga ngalokho? Aniboni sen-gifikile?"

Kodwa iphupho nje lelo. Impilo yamaphupho imnandi kubantu abantulayo. Phela umuntu uma ehlupheka uhlale ephila emhlabeni wamaphupho, elokhu ethi, ukuba……..

Lo mama uyabonakala nje ukuthi uzimele, futhi unemali yakhe. Iyakhuluma phela le moto ahamba ngayo. Kuyabonakala ukuthi ibhizinisi lakhe uliphethe kahle, likhiqiza imali ebomvu. Uyajabula bo! Umhlaba usamfudumalele.

Kuyasho futhi ukuthi lo mama uyalawula emsebenzini wakhe, akat-shelwa. Ukuba uphesheya kwezilwandle, ngabe akathinti lutho, ng-abe unezisebenzi emzini wakhe, ngisho nemoto uyayishayelelwa.

Ngaze ngayifisa le mpilo yakhe. Umuntu uyakufisa okuhle uma

ekhungethwe usizi. Injalo impilo enzima, ikwenza uphuphe ubuhle. Abone lo mama ukuthi ngimbhekile, futhi ngibona konke akwenzayo, yize enza sengathi akanginakile. Avale imoto, athi uma esebuqamama, achofe kukhiye wakhe, ibhanyaze amalambu, yenze nomsinjwana othi isizikhiyile. Aqonde eNandosi lo mama. Ngigijimisc okohlanya, ngiya kuyc.

"Hhawu mama wabantu, ngafa indlala! Siza bo!"

"Sawubona!"

Ngikhophozele, sengishaywa ngamahloni, ngibona ukuthi sengilahlekelwe ngisho nawubuntu. "Nxese mama wabantu, indlala lena engenza ngiswele nobuntu, ngikhohlwe nokukubingelela. Sengicele ukudla kakhulu. Ngesinye isikhathi ngithi ngiyabingelela kumuntu avume, kodwa ebe ehamba. Ngesikhathi ngithi ngiyacela abe esekude laphaya, angishiye ngikhexile. Sengize ngabona ukuthi kungcono ngivele ngihlale phezu kodaba, ngingalokhu ngibingelela ngoba abanye abantu bazonda khona lokhu kubingelelwa okulandelwa ukucela." Ngixolise ngize ngixolisise kulo mama. Kudala ngixolisa eBerea Centre. Abantu balapha kukhona nje into ebadinayo ngokukhuluma kwami. Ngiyathemba nginesikhwakhwalala. Ngithi ngivula umlomo wami nje, bebe becasuka, bangisho abangishoyo. Noma kunjalo, akukho ukuzikhethela. Ngifanele ukuwuvula umlomo wami, ngibacele ngesizotha nangesintu abantu.

"Ngizwile. Ngizokuphathela isiphuzo. Ngisangena lapha eNandosi." Esho ngokukhulu ukunganaki lo mama.

"Isiphuzo?"

"Yebo. Isiphuzo," egcizelela. "Unenkinga neziphuzo?"

"Cha!" Ngingabaze, ngibuye ngithi, "Yebo! Ngimangazwa ukuthi ngineshwa lani elenza ngiphiwe isiphuzo uma ngicela ukudla, futhi nakhona ngiphiwe isiphuzo esincanyana sengathi esengane. Ngimdala."

"Washo kamnandi bo! Ngizokuphathela isiphuzo esikhudlwana."

Angene eNandosi lo mama. Ahlale eside isikhathi, kuthi makhathaleni abuye naso isiphuzo leso. Ngizitshele ukuthi sengizosiphuza nje ngoba ngihluphekile.

"Indlela yokuphuma kulolu sizi olukukhungethe ikhona. Ilula ka-

khulu." Kusho lo mama engibheka ngiphuza. Ngiphathwe inzulul-
wane. Uthini lo mama? Uthi iIula? Kube sengathi angimuzwan-
ga kahle. "Yini athi ukuphuma kulolu sizi kulula ngisebunzimeni
obungaka?"

"Kulula." Aphinde futhi. Uyakubona lokhu kungabaza okukimi.
"Kulula impela."

"Uthi kulula?"

"Ngisho njalo. Yini ungabuzi ukuthi kulula kanjani?"

"Chaza."

"Ungathola imali eningi kabi ngale ndoda ndini yakho engenandaba
nawe. Ngithi ungathola itshe lemali, uphume ekuhluphekeni."

"Alikho ihaba lapho nje? Kalula kanjalo nje?"

"Nishadile nale ndoda yakho enyamalele?"

"Ukushada okunjani?"

"Ngencwadi yomshado?"

"Yebo"

"Iphi?"

"Isele ePhuphuma. Ayikho lapha kimi. Yikho lokho okulula? Nansi
insumansumane bo!"

"Akwenzi lutho uma isele ePhuphuma. Bengibuzela ukuthi uma in-
gekho eduze ngikwenzele ikhophi yayo kwaHome Affairs. Lokhu
sikwenzela ukuthi bakunike izincwadi zobufakazi bokunyamalala
kwendoda yakho."

"Bese?"

"Ngeke ngikusho konke manje. Kodwa ngizovula umshuwalense
ngegama lakhe, ngiwenze uqale ngosuku enashada ngalo. Kule nyan-
ga ezayo ngizothola incwadi yokuthi le ndoda ishonile, kuphume
imali yomshuwalense, sihlukaniselane. Indlela yokuhlukaniselana
sizoyixoxa. Kuzomele uze kwami, usebenze khona uma sisalungisa
le ndaba."

"Uthini?" Ngacishe ngaquleka. "Uthi ngibulale indoda yami? Mina
lo! Cha, angeke nje!"

"Awuyibulali. Uthola imali ngayo. Yini nje futhi osayikhathalele
ngale nkolombela ndini ekwenze njena? Usho ukuthi ningaphinde
nibuyelane nayo? Awuboni yini ukuthi ulaxaziwe wena? Noma us-

afuna ukuya kobhula esangomeni kuqala, sikutshele into oyaziyo? Ulahliwe phela wena."

Ngesule izinyembezi. Waze wangidumaza bo, lo mama ebengimethembe kangaka!

"Ngiyazi inzima le nto engiyikhulumayo, ikakhulukazi kubantu basemakhaya njengawe. Kwabanye abantu yenzeka kalula nje." An gibheke ubuwula isikhashana, athi, "Kodwa wena yini osayixolele ngale nkolombela yakho usuhlupheke kangaka? Bheka nje ungene kulolu sizi ngoba ufunana nale ndoda ndini. Yini ugijime emuva komuntu ongakufuni, futhi okuzondayo, o …"

"Akangizondi u…"

"Akakuthandi!"

"Cha, uyangithanda. Wahamba engithanda kakhulu. Namanje usangithanda, kakhulu."

"Kukhona into ekuvale amehlo wena. Uma ucabanga kahle, ukhona umuntu okuthandayo, kodwa ongakuhluphekisa kangaka? Uyazibona unjani manje?"

"Ngiyazibona." Hawu! Iyaphi le ndaba yokuthola imali eningi kalula ngokuqamba amanga ukuthi indoda yami ifile? Aqhubeke lo mama, kodwa angisamuzwa nokuthi uthini ngoba ekhanda lami kuduma amabhanoyi, kuqhuma amabhomu, kuhlakazeka amadwala. Izindlebe zami zivalwe ukuduma okunamandla, ukuduma okungiqeda ithemba, okungikhanukisa ukufa, okungiphuphisa amathuna ngibhekile. Waze wangenza uyise wezingane zami! Ngimbulale ephila pho? Cha, noma ngabe ungihluphekise kangaka, lokho akwenzi ukuba ngize ngifise ukuba afe. Cha, ngeke ngivume angidudulele kulo mgodikazi wenzondo. Sekwanele. Angifuni ukuba umama wezintandane ozohlala enesazelo sokuthi wabulala ubaba wazo. Cha!

"Ngiyabona awusangizwa. Lalela." Ngimbhekisise manje lo mama. Ake ngilalele le nto yakhe. Mhlawumbe ngizoyizwa kangcono kulokhu.

"Uthi ngibulale indoda yami? Uqinisile noma uyadlala? Udlala ngami ngoba ngihluphekile?"

"Angidlali. Mina angidlali ngezinto ezibalulekile. Sikhuluma ngemali lapha. Imali ezokukhipha ekuhluphekeni."

"Asikhulumi ngokubulala?"

"Yini uyenze ibe nzima le nto, ngibe ngikutshelile ngobulula bayo?"

"Kulula ukubulala indoda yami?"

"Kulesi sikhathi samanje kulula. Kodwa awubulali. Amanga nje okuthola imali ngokuthi indoda ifile."

"Angizwanga kahle?"

"Mina ngiphezu kwemali, ngithola imali eshisiwe. Ungayithola nawe uma uhlakaniphile, futhi unesibindi. Kulula nje."

"Ngiyayibonga. Ngizohlala nginjena."

"Kuze kuyovalwa?"

"Nje!"

"Uyisilima!"

"Uyijaji elikhaliphile."

"Uzohlala uhlupheka uze uyofa."

"Kulungile. Kungcono ukuhlupheka kunokubulala umuntu. Indoda yami nokwenza? Uyise wezingane zami? Cha! Ukuhlupheka akusiso isono. Isono ukuhluphekisa umuntu."

"Sisho njalo isilima. Hamba hluphekile."

"Kulungile ngife ngiyisilima esihluphekayo kunokuthi ngife ngiyisinothi esingumbulali."

"Ngisho phela ngoba awuyitholi le ndoda eyalahleka kudala kangaka. Ngizokutholela nje incwadi efakaza ukuthi seyafa. Indaba yakho ilula kakhulu. Yini wena uyenze ibelukhuni kangaka?"

"Akenizwe bo! Awunamahloni. Ngiqambe amanga okuthi indoda yami engiyithandayo ifile, bese ngithola itshe lemali! Ngingayenza kanjani kodwa into enjalo mina kumuntu engimthandayo? Bengingazama kumuntu engimzondayo, nakhona engimzonda kakhulu. Noma sekunjalo, akekho nje ngempela empilweni yami umuntu engingamenza njalo ngenxa yenzondo. Umuntu engimthandayo yena ngingamdayisa kanjani? Kalula kanjalo nje? Uthi yinto elula leyo?"

"Amanga amancane nje angakwenza ucebe. Uma uyithola le ndoda ndini, akusho lutho lokho, uzobe unezimali zakho, ungasancengi lutho lwayo."

"Cha! Ngeke mina ngenzenjalo. Ngiyamthanda, futhi ngiyamkhumbula umyeni wami. Ayikho into embi ayenza noma ake wayisho

71

kimina. Wahamba kukuhle, savalelisana kumnandi. Yini engangen-
za ngiqambe amanga okuthi ufile? Imali?

"Ngiyezwa." Ubhocobele manje lo mama.

"Mina nginothando oluqine njengetshe lensimbi. Aluqhekezeki
futhi aluphahlazeki. Le ndoda okuthiwa angiyibulale ezincwadini
zomthetho, mina ngayithanda siseyizingane, kanti futhi ngisayithan-
da namanje. Angiboni ukuthi ikhona into eyongenza ngiyifisele uk-
ufa. Zikhona izinto ezingizwisa ubuhlungu ngayo, zingicasule, ko-
dwa hhayi ezingenza ukuthi ngicabange ukuyidayisa njengoJudase.
Lutho!" Ngishaye izandla.

"Nali ikhadi lami", angiphonsele lona lo mama. "Uma ushintsha
umqondo wakho ungifonele. Kungenzeka ufune indawo yokulala.
Ngingakusiza ngayo. Mhlawumbe usengabona izinto ngelinye iso.
Umuntu phela uyashintsha, kusemhlabeni lapha."

"Ngiyezwa." Ngithathe ikhadi, linamagama amakhulu athi Mrs Tho-
bile Mngadi. Okunye kubhalwe ngombhalo omncane. 'Mrs Thobile
Mngadi': okusho ukuthi wendile. Mhlawumbe wayendile? Nansi
indandatho kanokusho emnweni wakhe, ukhangisa ngayo ngoba
ukhuluma ngaso leso sandla ukuthi ibonakale ngokushcsha. Ke-
pha yini enhle ngayo uma ngabe wabulala uMngadi. Ungathola nje
ukuthi wayithenga sekufe uMngadi.

"Ngiyazibuza ukuthi uma ngingabulala le ndoda, ngingaba nonem-
beza onjani. Ngingazifaka kanjani nje izingane zami ebuntandaneni,
izintandane zikhula kabuhlungu kangaka ePhuphuma?"

"Uzohlala nazo lapha eThekwini. Ngizokufunela indlu enhle, ethi
wena. Ubani ozokuhlupha lapha?"

"Endlini engiyithole ngemali yokubulala indoda yami pho? Uy-
ise wezingane zami? Cha! Ngeke ngihlale endlini enjalo. Ngeke ibe
namadlozi. Izofulathelwa zinyanya. Ngeke nje impela."

"Uyisiduphunga ngempela, futhi uyohlala uyisona. Yakushiyela bona
lobu buduphunga bakho le ndoda oyifunayo. Ubuzothola indoda
engcono kalula uma usuyinjinga. Usho ukuthi awukuboni lokho?"

"Wakhulumisa okwesihlakaniphi bo! Abantu besifazane ababulele
amadoda abo bawatholaphi amadoda angcono kalula uma seben-
othile?"

Anikine ikhanda lo mama. "Ukuba awusiye umuntu wesifazane, ng-abe ngikuqhumisa ngempama khona manje. Uyisilima! Uyangidi-na!"

"Wayibulala wena eyakho indoda, Mrs Mngadi? Wayithola kuphi-ke enye engcono emuva kwalokho?" Angangiphenduli uMrs Mngadi. Uthukuthele manje. "Ake usho-ke, Mrs Mngadi, atholakala kuphi amadoda angcono? Khona injani indoda engcono, Mrs Mngadi?"

"Awazi?"

"Cha! Angazi, Mrs Mngadi."

"Siduphunga ndini! Iyangidina lendlela obiza ngayo u'Mrs Mngadi'" Washo ehamba ngokukhulu ukuziqhenya lokhu. Wangena emot-weni yakhe. Ukungena kwakhe kuyo, angikhiphele ulimi ngokun-giphoxa: "Iphi eyakho imoto silima ndini?"

Ngeke ngisamphendula manje. Angiphendulani nezinto ezinje-na mina. Ukuba bengithanda, bengizomtshela kuzwakale yonke le moli: Zigabise kanjalo ngemoto yakho Mrs Mngadi. Lezi zinto! Zi-gibela amadoda afile.

Isahluko 11

Ukuba kwakuya ngentando yami, ngabe sengibala izinsuku nga-
phambi kokuba ngifike ePhuphuma. Le madlana engiyiqokele-
layo ifika kancane kancane ngendlela edumazayo. Sengithandaza
umthandazo owodwa manje: ukuthi siphume siphele lapha eThe-
kwini. Sengilizonda impela, kanti futhi nomzwangedwa udlangile.
Sengifisa nokufa imbala manje. USthe angikhuze, "Ungalahli ithem-
ba ngalolu hlobo, mama wami. Uma ungafela lapha, uzongcwatshwa
umasipala ungaziwa nokuthi ungubani. Lezi zingane zakho ngeke
zilazi ithuna lakho. Zizohlupheka kakhulu uma zingaphenduka iz-
intandane ezizula ezitaladini zaseThekwini. Musa ukuzishiya zodwa
ebunzimeni obungaka! Intandane enhle ngumakhothwa ngunina.
Ngiphaphame okwesikhashana uma ngizwa elokuhlupheka kwezin-
gane zami. Kodwa zithi zinganyamalala noSthe, ungibhokele futhi
umzwangedwa.
Ingethuse futhi indaba yezingane zami ezizohlupheka uma ngingafa.
Ukufa ngiyafa phela manje. Sekubalwa nje amaviki. Sengimatham-
bothambo nje asabekayo, ngibulawa umzwangedwa.
Umzwangedwa ngihlala ngizwa ngawo kube sengathi kwethiwa
inganekwane nje. Ngiyazi-ke namhlanje ukuthi uyini. Ungiphethe
kanzima kulezi zinsuku ngenxa yalesi simo sokwentula engiku-
so. Ngiphila kwelami ngedwa manje izwe. Lapho angibezwa laba
bagxeki. Ngesinye nje isikhathi ngike ngibone benginyonkolo-
za, bengikhomba noma bekhafulela phansi ukuthi indaba ingami.
Angisenandaba nabo. Nabantabami abasangihluphi ngokungifuna
ukudla. Bayekile. USthe ufika nokudlanyana, badle, maqede naba-
ya bazula naye ezitaladini zaseThekwini. Bazobuya naye ntamba-
ma. Ngizophinde ngikhumbule kancane ukuthi bahleli nami uma
bezithi shwathishwathi eduze kwami, belala. Mina ubusuku buse
ngizwa iminjunju yalo mhlaba. Ha! Lo mhlaba, mntwana wabantu!
Ngicabanga izinto ezingapheli ngale ndoda engifake kulobu bunzi-
ma. USthe aze abuze ukuthi ngabe sengike ngaya yini ukuyofuna
umyeni wami ezimpohlweni eDalithoni. Nginikine ikhanda, an-
gikaze ngiye, futhi ngeke ngiye lapho. Ngafika ngaphandle kugcwele

amadoda asabekayo.

Hhayi! Ngeke nje ngiyomfuna eDalithoni umyeni wami. Indawo enjalo akusiyona neze neze indawo angahlala kuyo lo mnyeni wami ozithanda kangaka. Nomshayeli wetekisi ngamtshela ukuthi umyeni wami uyinono, ngakho-ke ufanele ukufunwa kulawa mafulethi ahlala izicwicwicwi zentsha yaseBerea kanye nabafundi baseThusini.

Nginamaphupho amabi alandelanayo namhlanje. Ngiphupha abantu basePhuphuma bengihleka, bengikhafulela, bengiphonsa ngamakhasi kabhanana uma beqeda ukuwudla. Omakoti bakhona batheza ngegama lami emahlathini, bakha ngalo amanzi emithonjeni, bathona ngalo utshwala bemigidi. Kukhulunywa ngami ezitolo nasedolobheni.

Kwelinye iphupho ngibone abantu basePhuphuma abeze emngcwabeni wami. Bahleba ngokuthi ngibulawe eThekwini, ngifunana nendoda eyangilahla kudala. Kubo labo, kukhona asebeqala ukudlala ngezingane zami ngingakathunwa nokuthunwa, bazitshela ngoyise owaphelela emahlathini aseThekwini.

Ha! Intandane engenaye unina ihlupheka kabi eMsinga.

Ephusheni elinye ngibona lowaya mkhulu wemoto owasipha ukudla ekufikeni kwethu lapha, umkhulu uMzimela. Nansi ima lapha eduze kwethu imoto yakhe. Aphume ehamba nomama wakwakhe. Eze kithi ngqo! "Malokazana, ngibuyile, ngizokunxusa ukuba uze ekhaya nezingane zakho. Asiyeni ekhaya bantabami, niyolala khona. Umnyeni wakho uzomfuna kahle uhlala nathi."

Silale kamnandi emzini kamkhulu uMzimela sesibusiswe ngomthandazo. Sivuke ezintathakusa, sibambe amatekisi aya ePhuphuma.

Ngiphaphame ephusheni. Ngijabhe. Hawu! Bengiphupha kanti?. Ngiququbale futhi endaweni yami. Ngilalele iminjunju kuze kube sebusuku kakhulu. Ngizumeke futhi. Ngiphupha basemzini wami. UMampondo ufika nami ejele evutha ulaka. Angikhombise uVelaphi phakathi kwezinye iziboshwa, bese engibuza ukuthi ngiyabona yini ukuthi iziboshwa ziyishaye kanjani indodana yakhe. Abuze ukuthi ngambophiselani umntanakhe ehlupheka kangaka njena lapha.

Ungithukuthelise kakhulu lo mbhedo kaMampondo. Kuthi ngimsakaze ngempama, ngizikhuze. Ngimyeke. Kusenjalo, kuvele ugogo

ozala ubaba batholane phezulu ngolaka olukhulu noMampon-
do. Ngibone ukuthi manje uMampondo udibene nontanga yakhe.
Akekho ohlulwayo, zindala zombili. Bavuthuzane, bavuthuzane.
Bavuthuzane impela. Igobe uphondo enye. Aqale ukushaya ehlehla
uMampondo, lona wakithi ugogo uziletha kuye ngamandla, uyamxi-
fiza, uyamkhahlela. Awe uMampondo, ugogo amhlale ngobhongwa-
na, "Sekwanele manje. Kunini udlala ngomntanomntanami! Uzon-
gazi ukuthi ngingubani kusukela namhlanje." Amklinye ngize ngithi
useyafa phela uMampondo, akasamkhameli ukumkhipha inkani nje
kuphela, useyambulala ngempela manje. Ngiyamuzwa ugogo ngeliz-
wi elilokhu lithi, "Ngeke nje ngikuyeke uma usaphila. Kudala udlala
ngomntanontanami. Sekwanele, sekwanele manje."
Ngiphaphame. Ngimanzi manje umjuluko. Inhliziyo ishaya kanzi-
ma. Buphele ubuthongo.
Ha! Ngaze ngakhumbula ekhaya mntanomuntu. Into engikhumbuza
ekhaya kakhulu, ukuzondwa kangaka abantu abaningi lapha eBerea.
Alishoni bengangikhombanga amabala engwe: "Usesidinile lo mama
ocela ngezingane ezitolo. Uhamba nini?" Badonse ubuso. "Lo ma-
koti kungenzeka ukuthi wakhishwa ubudlabha emzini wakhe. Yini
lena emenza asabe kangaka ukuya emzini uma esemathambotham-
bo nje lapha ezitolo? Ngabe useqome ukufela ezitaladini zaseBerea
kunokuthi abuyele emzini? Ubudlabha!" Bashaye izandla. "Nanguya
lowaya makoti owabhozomelwa indoda eyashaywa umfazi ozonda
amadoda." La madoda azenza aqotho nawo ayabuzana, "Hawu!
Uselapha lo mfazi ohudulela izingane ezitolo? Akanamahloni! Yini
lomkhuba wakhe wokucela ngezingane! Nithi uphile kahle kodwa
ekhanda lo mfazi olala emapaki nezingane ezingaka? Nithi lisebenz-
za kahle kodwa ikhanda lalo mfazi ophelela eBerea? Usephenduke
ihlazo lo mfazi wasePhuphuma! Ngabe usenethenjana lokuthi le
ndojeyana yakhe eyangena emahlathini usazoyithola?" La man-
tombazanyana aphila phakathi komhlane nembeleko nawo awazi-
bekile phansi, "Akahambi yini lo mama lapha sekuyisono kangaka
nje ngalezi zingane bandla!" Abanye kuthi ngibaphendule, kodwa
angisenaso isikhathi nesineke sokuphendulana nawo wonke lo mb-
hedo okhulunywa ngami. Omunye wawo uvela komakoti abathize:

"Mhlawumbe yamlimaza lo mntwana wabantu le nkolongo ayifu-nayo. Kuyasolisa ukuthi yamshaya ngaphakathi. Yini lena emen-za alandelele inkolombela eseyaphenduka inyamazane eThekwini amadoda angcono atholakala kalula kangaka lapha phandle, fu-thi maningi?" Ngihlekele ngaphakathi. Bathi amadoda angcono atholakala kalula 'lapha phandle' kanti futhi 'maningi'. Bayajabula bo, abesifazane abathola kalula amadoda angcono lapha phandle! Ngiyabona mina ngingomunye walesi sifazane esinamashwa, es-ingawatholi la madoda amaningi atholakala kalula lapha phandle. Iningi lesifazane elifana nami selafuna lawo madoda laze lagugela emakhaya lingendile. Iningi lathi liwatholile kanti lihlangane nalaba bakhohlisi ababonakala sekukudala ukuthi bayizimpungushe emh-lanjini wezimvu. We-e-e! Kazi uThabiso uyini lo mntwana wabantu ongenza njena? Ngisule izinyembezi.

Ngaqala ukwazana noThabiso wami siseyizingane, sisafunda esiko-leni esisodwa, ePhuphuma Primary. Abakubo bafika ePhuphuma kuthiwa bavela eThekwini. Mina-ke ngangifuna izindaba zaseThe-kwini kuye, ngoba ngangihlala ngizwa ngalo uma iningi labantu abasebenza khona befika bebahle, begqoke izimpahla zikanokusho. Konke nje okwabo kwakwehlukile kunokwasePhuphuma. Ngahla-la-ke nginamaphupho ngeTheku. La maphupho angisondeza kulo mfana okuthiwa uvela eThekwini.

"Kuhle eThekwini?" Ngimbuze.

"Yebo kuhle, futhi kumnandi kakhulu."

"Ake ungichazele nje, kuhle ngani eThekwini?"

"Kunamabhilidi amade, amakhulu futhi amahle. Kunemigwaqo emihle, emikhulu yetiyela. Kunebhishi lapho sibhukuda khona uma sichitha isizungu. Alive lilihle iTheku! Kuphilwa kahle, futhi kum-nandi ukuhlala khona."

"Uzophinda uye nini futhi eThekwini khona uzohamba nami?"

"Angazi, kodwa mhla ngiya khona ngizokuthatha, sihambe nawe. Kuhle eThekwini. Ngempela ufuna ukuya khona?"

"Yebo, ngingajabula kakhulu ukuya khona. Kade ngangizwa ngobuh-le beTheku."

"Ngizohamba nawe-ke."

Ngajabulisa okwengane encane iphiwa uswidi. Kodwa kwakubuye kufike kimina into ethi uyangikhohlisa. Le nto yethu yinto nje yokukhohlisana kwezingane. Noma kunjalo, yahlala emqondweni wami le nto yokuthi ngizoya eThekwini maduze nje.

Kodwa akubanga njalo. Zadlula izinsuku nezinyanga, kwaze kwaphela iminyaka elokhu ethembisa ukuthi sizoya eThekwini uThabiso. Kwaze kwafana nenganekwane nje lokho kimi.

Yize kunjalo, bekuthi uma bonke ababuya eThekwini ngenyanga kaDisemba bekhipha izinto ezinhle, livuseleleke iphupho lami lokuthi ngelinye ilanga ngizoya eThekwini. Uma sengisebenza khona, ngizofika ePhuphuma ngibaphathele izinto ezinhle engibathengele zona eThekwini. Ngithengele nezingane zasekhaya amaswidi. Ngiziphathele nobhanana, zijabule.

Ngangizibona sengehla emotweni yami enhle, ngigqoke kahle njengalaba bomisi abafundisa endaweni yangakithi engike ngizwe kuthiwa bavela eThekwini. Ngikhulume lesi siNgisi abasikhuluma kamnandi sengathi basincela ebeleni, kodwa thina sibe sehluleka kangaka ukusikhuluma kanye nokusifunda esikoleni. Thina sihlale silungiswa amaphutha, sitshelwa ukuthi lokhu akubhalwa kanjena, kubhalwa kanjena. Kodwa uThabiso yena wayekwenza kalula nje konke lokhu thina okwakusehlula. Ngangifuna ukuthi nami angiyise eThekwini, khona ngizohlakanipha, ngazi isiNgisi njengaye. Ngangimlinda endleleni njalo nje uma siya esikoleni, ngihambe naye, angifundise amagama athile esiNgisi. Kwaqala lapho ukujwayelana kwethu. Sajwayelana kakhulu, ngagcina sengimthanda.

Ehlobo sasingena emasimini akithi, sidlale khona. Wayekha izimbali, ahlobise izinwele zami ngazo, angitshele ukuthi ngimuhle. Wayebuncoma njalo nje ubuhle bami. Bekuthi lapho izimbali zingekho, aqhubeke angitshele ngobuhle bami. Angincome ngize ngihlengezele izinyembezi yinjabulo, kodwa ngangimane ngikhophozele, ngisholo phansi ngithi, uyangibhuqa, yena athi akadlali, uqinisile. Angitshele ukuthi obami ubuhle abudingi ukuthi buze benziwe ngezimbali.

Ngangizitshela ukuthi izimbali zaseThekwini zinhle kakhulu ukudlula lezi zezinkwazi zemifula yangakithi. Ngangicabanga ukuthi mhla siya eThekwini noThabiso wami, uzongikhelela zona, ahlobise ngazo izinwele zami ezilungiswe esalunini kanokusho, angitshele ukuthi ngimuhle kakhulu. Ngangihlala ngifisa ukuzibona izimbali zaseThekwini.

Ha! Izimbali zaseThekwini madoda! Kanti zinjena?

Ekukhuleni kwethu ziningi kakhulu izindlela abengitshengisa ngazo ukuthi uyongithanda kuze kube phakade. Nami ngamthanda ngenhliziyo yami yonke. Ngangizibonela nje ukuthi nangu bo umfana okhulele eThekwini ephenduka ibhungu lasemakhaya elinothando olumangalisayo, futhi elihlonipha izintombi. Akafani nalezi zinsizwa zasesigodini sakithi ezithi uma zibona izintombi, kube sengathi ziyasangana. Uzizwa zikhuzela, zithi: "Dudlu! Dudlu!"

Yena wayeyibhungu elihlukile kulawa angakithi ngoba uyinono, umnene, futhi akahambi edudluzisa nje yonke intombazane ahlangana nayo, engakaboni ngisho ubuso bayo. Yena unesineke, futhi akasebenzisi indluzula. Unothando lwangempela, hhayi lolu lokududuzisa. Ngiyazi ukuthi namanje usangithanda. Angikuthandabuzi lokhu.

Ngesikhathi sifika esikoleni samabanga aphezulu, sazibandakanya ezifundweni zokudansa ezazifundiswa omunye wothisha basesikoleni. Safunda saze safanelana uma sidansa. Sasesizizwa nathi ukuthi siphenduka umshini. Sasithi uma sesidansa iwaltz, bonke babehlala phansi, babukele thina. Nathi simane sivukwe yilolu thando olwalusiphethe. Sasizizwa sengathi siyancibilika, siphenduka into eyodwa. Emiqhudelwaneni, besinqoba, sithola izindondo ubuthaphuthaphu. Saduma kakhulu. Saziwa yonke indawo yangakithi, saze sayiswa ngisho naseMgungundlovu. Nakhona safike sanqoba ngamalengiso. Kwathiwa sizodlulela emncintiswaneni wamanqamu eThekwini.

Kwathi uma kuthiwa siya emcintiswaneni oseThekwini, saba nogqozi kanye nomfutho oyisimanga. "Sthandwa sami." Wayengibiza kanjalo ngalezo zikhathi ubaba wezingane zami. "Lifezekile manje iphupho lethu lokuya eThekwini."

"Yebo sthandwa senhliziyo yami, kunini ngiphupha ngeTheku. Ngaphupha ngalo usengumfana, buka usuyinsizwa manje. Ngisaziphupha namanje lezo zitaladi zakhona ezinhle, lawaya mabhilidi akhona amahle. Ulwandle sthandwa sami! Ah! Ibhishi." Ngijabule.

"Nakimi iTheku selaphenduka iphupho nje. Ngiyezwa kuthiwa selil-

ihle ngendlela eyisimangaliso ibhishi lakhona."
"Sizodlala esihlabathini." Ngincokola naye. Injabulo eyayingiphethe yayimangalisa.
"Sizokweqa amagagasi." Ephendula ngenjabulo.
"Sicambalale esihlabathini solwandle."
"Sigudle ulwandle ubusuku bonke."
"Kufanele sizilolonge ngamandla ukuze lifezeke iphupho lethu le-Theku. Oh, hhe! ITheku madoda! Ngaze ngalikhumbula."
"Nanihlala kuphi?"Athule isikhathi eside uThabiso ngize ngibuze futhi. "Nanihlala kuphi eThekwini?"
"ITheku likhulu kabi. Linamalokishi, linezindawo, line …"
"Nina nanihlala kuphi?"
"Sihlale ezindaweni eziningi kakhulu. Besihlala emiqashweni siphinde sithuthele komunye, nakhona sihlale isikhashana, siphinde sisuke."
"Siyaphindela-ke eThekwini manje. Sizofika ngodumo. Singabadansi abaphezulu manje." Ha! Umhlaba madoda! Zonakala izinto zethu sisaphupha iTheku. Waqala ukungisola ugogo. Ngalandula ubala, kodwa ngezwa ethi, "Kusukela namhlanje, ungabe usaya esikoleni. Izongifakela amehlo abantu le nto yokuthi ngikuyeke uye esikoleni unjena. Hlala phansi." Nembala ngahlala phansi. Laphela kanjalo nje iphupho lami laseThekwini, kodwa uyise wezingane zami wangithanda kunjalo, wangithanda kakhulu kunakuqala.
Namhlanje ngilapha kulo-ke leli Theku engangiliphupha mihla namalanga; iminyaka ngeminyaka. Ngifika kulo ngilethwa ukuhlupheka. Ngilandela iphupho lethu elasakazeka emadwaleni kuhle kwembiza. Ngiguduzana neTheku, ngibheka uThabiso wami. Ukuba iziphoxi zalapha eThekwini ziyayazi le ndaba, ngabe zenzisa okwezasePhuphuma, zithi: "Waze wahlupheka bo, hluphekile ngalo lova wakho. Hawu bandla! Uhluphekile wabantu!"
Luyephi kodwa kuwe wena Thabiso loluya thando olungaka owangikhungatha ngalo siseyizingane? Kwenzekani ukuthi lumane lunyamalale nje okwamazolo, luphenduke inkungu esaba ilanga? Lunjani kanti uthando lwakho? Engabe kwakuyilo ngempela, noma wawuzenzisa? Uma kwakungesilo, kwakuyini kanti lena eyenza

ngizizwe ngithokoze kangaka uma nginawe? Mina ngangikuthanda ngiqinisile, namanje ngisakuthanda. Yilona-ke lolu thando olusangihlanyisa nanamhlanje. Yini manje mntanomuntu ungibambise iwa kanjena? Noma kunjalo, mina ngisakuthanda namanje. Yilona lolu thando oselungizwisa ubuhlungu obujule kangaka namhlanje. Ngihlala ngihlale ngizibuze ukuthi engabe konakala kuphi? Engabe izimfamona zasePhuphuma zaphumelela kanjani ukubhidliza uthando lwethu olungaka? Noma kunjalo, inhliziyo yami isaphika. Bangalunqoba kanjani kodwa uthando olunzulu kanjena? Ngeke balunqobe.

Ekuseni ngisukume esikhundleni sami. Ngizibone sengihambahamba, ngigcine ngokuthi make ngigeze lo mzwangedwa ocishe wangibulala. Yisikhathi sokugeza, kuyahanjwa manje. Ngifuna lesi sinyama saseThekwini sisale lapha, ngifike ePhuphuma ngimhlophe. Into yokuthi sekuseduze ukuthi ngiphume ngiphele eThekwini ingenza ngibe ngconywana impela kulo mzwangedwa ebesengithi uzongibulala.

Ngingene eFitness Gym, ngicele ukuthi ngigeze khona. Ngacela ucwephe lwensipho esale kulaba bantu abajima khona. Ngageza kamnandi emashaweni akhona. Ngiphume khona umoya wami uphezulu, ithemba libuyile. Ngihlale esikhundleni sami laphaya ngaseNandosi.

Izingane sezihambe noSthe. Sezimjwayele dade. Ufika njalo ekuseni eziphathele ukudlanyana, bese ehamba nazo, babuye ntambama. Ngicabange ukuthi ngoba ngingedwa ake ngizithengele umlenzana wenkukhu namawejisi kwaNandosi, ngibambe umoya. Sekuyizinsukwana ngagcina ukudla. Inhliziyo ivulekile manje.

Ngiphathaphathaze emaphakatheni, lutho imali. Habe! Ikuphi kanti le mali. Phathaphatha, lutho! Phathaphatha, lutho! Phathaphatha, lutho!

Ngikhumbule lapha ehontshi esilala kulo. Mhlawumbe isele khona. Ngigijimele khona ngalo lonke ijubane lami, emuva ngilandelwa insini. Ngiyabezwa nje abathi, "lo mama uyasangana manje. Kuqala kanjena ukusangana. Msizeni impela. Myiseni esibhedlela e-Addington."

81

Kuhlanya bona. Anginandaba nalaba bantu balapha.

Uma ngifika endaweni yethu, ngipheqapheqe leli bhayana esilala ngalo, kodwa lutho isikhwama nemali. Ngicabange ukuthi yebiwe uSthe, kodwa inhliziyo enye yale. Ngeke angisebenzele kangaka, aphinde angitshontshele futhi! Cha! likhona nje iqili elingikhwabanisele phakathi kwalabo nogada. Yibo nje amasela. Hawu! Kodwa bangibangisani nje ngizihluphekela kangaka. Yishwa lani lona leli elivela senginethemba elingaka! Impela baqinisile uma bethi usathane uyayinyomfa into enhle! Uyinyomfile-ke lena eyami. Angakwenza kanjani kodwa lokho sekusele usuku nje phambi kokuthi sihambe?

Ngithwale izandla. Ngiklabalase kuze kuvume amabhilidi aseBerea. Ngizwe abantu bebabaza kude lena: "Ngabe ubulawa yini lowo muntu weNkosi omemeza kangaka? Msizeni bo!"

Onogada bafike beshiyana ngejubane kimi: "Yini? Yini, bo? Kwenzenjani?"

"Hawu! Nkosi yami! Imali yami yonke yokuhamba! Imali yami beyilapha nje! Iphi manje?"

"Yenzenjani manje?" Kubuza onogada ngokumangala.

"Ayisekho! Ayisekho! Bayithathile! Bayebile! Hawu! Nkosi yami! Ngehlelwa yishwa lani bese nginethemba elingaka lokuthi ngiyahamba! Lethani imali yami masela ndini!" Ngiklabalase futhi ngibakhombe ngomunwe. "Lethani imali yami ngiyayifuna."

Kubekhona onogada abahlebahlebayo uma ngibasola: "Nx! Sesidiniwe phela manje yilo mfazi. Sifanele sihlale sigadane naye ngaso sonke isikhathi. Nangu manje esethi simebele imali. Unamanga. Yebiwe eyithathaphi leyo mali ngoba uhlala ecela abantu nsuku zonke? Hhayi! Udlala ngathi nje lo mama. Ayikho le mali athi ilahlakile. Unamanga."

Kufike umphathi wabo. Bamchazele ukuthi ngiyasangana. Kugcono ngiyiswe esibhedlela sezinhlanya e Addington, ngiyahlanya.

Abaphendule ngokuthi: "Msuseni lapha lo mama. Akusiyona indawo yokulala abesifazane abehlulwa yimizi yabo lena."

Kwabe sengizonele njalo ngokukhalela imali yami elahlekile. Kwahlikizwa la mabhokisana esilala phezu kwawo aphonselwa kude le.

Ngaphonselwa nebhayana esilala ngalo. Ngithe ngisamangazwe yilokho, omunye wabo wadonsa ngolaka oluyinqaba ipayipi lamanzi okucima umlilo, wavulela amanzi ngokushesha sengathi uzocima umlilo. Uthela le ndawo engilala kuyo. Uyasho nokusho ukuthi ugeza le nsila yami enuka lapha.

Ngimile nje eduze kwalaba ababukele lona onamawala, kodwa ngakolunye uhlangothi sibhekene. Kubadine ukuma kwami ngibukele bengidicilela phansi isithunzi. Lona othela amanzi uthukuthele kabi. Uzwakala kaningi ethi: "Sesidiniwe manje yilo mfazi! Sesidiniwe manje yilo mfazi! Sesidiniwe manje yilo mfazi!" Wathela amanzi waze wafika kimi, ngenhloso yokuthi ngizowabalekela. Ngibone ukuthi usedudula mina uqobo lwami manje. Ngime, akangithele nje agculise inhliziyo yakhe lo mntwana wabantu. Lo moya omdaka kungenzeka ukuthi uwuthole kuyise oyisikhohlakali: "abantu besifazane baphathwa kanjena mfana wami." Ngiyathemba wathi 'abafazi', hhayi 'abantu besifazane'.

Uma ebona ukuthi angibaleki, angithele umzimba wonke, okusho ukuthi phela sesiyalwa. Ufuna ukubona ukuthi ubani onqobayo. "Yini ungabaleki? Unenkani mfazi ndini. Baleka!" Ngathi nje ngeke ngikhale, futhi ngeke ngibaleke. Ngingamjabulisa kakhulu uma ngingakhala, noma ngibaleke.

Wangithela izimpahlana zami zokuhlupheka zaze zanamathela emzimbeni osumathambo. Ngama, wathela. Ngama, wathela. Kwaphela ukuhleka kwabanye. Kucace manje ukuthi ngeke nje ngiwabalekele la manzi noma efisa kube njalo. Ngimile, ngimile.

Ngaduduzwa yizwi engilizwa livela komunye wabathengi: "Hhayi bo, madoda! Sekuyisono phela manje ngalo mama wabantu."

Akhuzwe-ke lo ongithela ngamanzi ozakwabo: "Sgonondo! Yeka lo mama wena. Sekwanele phela manje." Bahambe. Nabaya bengishiya ngimangele lapho ngaseNandosi. Ha! Leli Theku!

INkosi ikubusise mntwana wabantu uma usenenhliziyo enozwelo, usenamehlo abona isihluku kuleli Theku elinjena.

Uma ilanga lithambama kwafika izingane zami zikhala, futhi kubonakala ukuthi sezike zakhala izinyembezi zaze zoma, zabuye zakhala futhi. UNonoza afike aziphonse phezu kwami. Akhalakhale, kodwa

83

lokhu okuthi, sekungcono ngoba sengifikile kumama manje. Umfowabo yena ahlikihle nje amehlo anezinyembezi, uzama ukuziqinisa unkabi lo. Wafundiswa ePhuphuma ukuthi indoda ayikhali. Nangu manje ufuthelene umntanami, kodwa usaba ukukhala, abhodle njengoNonoza.

"Kwenzenjani, Nonoza?" Ngimbuze emuva kokubona ukuthi usengakwazi manje ukukhuluma.

Angiphendule uNonoza, "USthe ba..., bam..." Akhale futhi. Ngibone ukuthi inzima le ndaba. Ngithule isikhashana.

"Nonoza, uthi yini ngoSthe?"

"Bamgwazile!"

"Bamgwaze kuphi?"

"Ehlombe."

"Hhayi! Ngibuza indawo abamgwazele kuyo." Athi uyakhuluma, anqikaze. agcine ngokuthula. "Benikuphi kanti nina?" Ngiphinde ngibuze.

"Laphaya phansi kwebhuloho." Kuphendula uNonoza. "USthe bamgwazile, wafa. Ufile, malo."

"Ufile!" Ngithule isikhashana ukunambithisisa le ndaba. "Nonoza, wazini ngokufa?"

"Bathe ufile nje!"

"Nansi imihlola bo! Bathe ufile?" Nginambithisise kahle le ndaba futhi. "Uthi beniphansi kwebhuloho labantu abaswele indawo?"

Avume ngekhanda uNonoza. "Benifunani lapho?"

"Sihlala lapho nje emini noSthe! Sidla khona. Kukhona abasilethela ukudla emini. Namhlanje ukudla asikutholanga. Kufike labo bhuti abagwaze uSthe, bathi wabadayisa ejele. Bamgwaza, bamgwaza, bamgwaza. Wafa."

"Bamgwaza, wafa?" Wathula. Phela ngibuza into esengiyitsheliwe. "Kanti nisuke ninyamalele nje noSthe nihlala kulesiya sidlidli sezimpungushe eziphansi kwebhuloho! Nansi imihlola bo!"

Ngifikelwe ukudangala emzimbeni nasemoyeni manje. "Mina ngithi nizula lapha eduze, kanti senihlala laphaya ezigebengwini!"

Ngiphathwe yikhanda elingathi lingena umoya. Ngizwele kude le izwi likaNonoza liphindaphinda: "USthe ufile! Bathe uSthe ufile.

USthe ufile!"

Isahluko 12

Kukhona insimbi ekhala kudekude ekujuleni ezibilini zami, ethi: 'USthe ufile! Bathe ufile!' Phela ukufa kukaSthe ukulahlekelwa kwami okukhulu kabi. Angafa kanjani ngingenalutho kanjena? Ubengisiza impela, kodwa leyo madlana seyebiwe. Amasela! Hayi! Ngizalelwe yinja endlini phela manje. Ha! Lo sathane ndini usalwa nami. Ulwa impela manje, akadlali. Bheka nje, sekuhlwile namhlanje, ukudla asikwazi. Ukuba usaphila uSthe, ngabe kukhonyana esikudlile. Ha! Isitsha esihle asidleli.

Izitolo sezivaliwe. Kusaxokozela nokho laphaya kuleya ndawo okuthengisa kuyo utshwala, eZigzag, kodwa ithemba lokuthola ukudla angisenalo. Kuleyo ndawo phela kugcwala intsha ehamba ngezimoto ezibizayo. Sengiyabazi-ke laba, akusibo abantu engingacelela izingane zami ukudla kubo. Iningi lentsha ephuza lapha liyazigabisa, futhi ayazi nakwazi ukuthi omunye umuntu uyini. Ezimotweni zabo bahlala ngendlela ekhulumayo, ungathi bathi, yimoto yami lena, uyabona nje nawe: yimi umnikazi wale moto.

Abaphethe amabhodlela otshwala nabo kungathi bayakhangisa, bathi: ngiboneni mina ngiphethe utshwala obubiza kangakanani. Angiphuzi lobu tshwadlana benu basezipotini obushibhile.

Izinsizwa zifuna izintombi zazo zibonakale ukuze zingahlushwa yilezi zishimane abathi zidla emihlanjini: lona ngumabhebeza wami mfwethu, uyambona? Ngakho-ke singahluphani. Nazo izintombi zakhona ezigoniwe zizimpintshe ngamabhulukwe akhulumayo: mina ngiyadula, bheka ilebuli yami ephambili!

Laba-ke akusibo abantu abangangipha ngisho isenti leli lokudla. Yilaba bantu abathi: umuntu uziphumela emotweni yakhe uyacelwa, noma ungena endaweni yokupaka, ufunwa imali. Bathi imali bona bayisebenza kanzima. Ayikho inkwali yaphandela enye eThekwini. Wonke umuntu olapha eThekwini wazela ukuzosebenza imali. Pho kungani kumele bayiphe amavila? Bona imali bayayigcina, abayisaphazi. Bayajabula bo!

Abayazi inkinga yami laba bantwana babantu. Bayazikhulumela nje. Eyami inkinga ihlukile kuneyamavila aseThekwini okuthiwa aceliswa ukuvilapha. Mina ngingumama ohluphekile, hhayi ivila. Ha-a-a! Emhlabeni mntanomuntu!

Kufike labo sisi basebusuku. Abanye balethwa yizimoto eziduma kakhulu. Bafike maqede bame lapha nalaphaya, njengabantu abazi iziteshi zabo emsebenzini. Ziphume-ke izinsizwa kubonakale ukuthi nazo bese zibalindile. Zibathathe ngamunye ngamunye. Abanye badonselwa emakhoneni.

Kudlalwa ngemali lapha ngoba ezinye zalezi zinsizwa zigabisa ngemali, lena mina engingenayo, kodwa ngiyidinga kakhulu ukudlula lab' osisi abayithola kalula kangaka.

Lokhu kutholakala kalula kwemali ngibhekile, kungifakele isilingo enhliziyweni. Kubekhona into ethi ngithathe elami ikhona nami ngithole le mali kalula, kusasa ngibambe itekisi eliya ekhaya.

Ngenzenjani? Ngizame noma kuzoba nzima? Phela izintombi zaleli bhizinisi zigezile, zinuka amakha, kanti futhi zingophuma langa sikothe, izinto ezinefiga, okuthiwa zifuleshi. Mina angigqokile njengabo. Impahla yami ayingivumeli. Ngisagqokise okomama obepheka lezi zidudu ezidinayo zotshwala basePhuphuma. Uma kunjalo ngeke ngilunge ngoba bazovele bangihleke bethi, ushibhile sisi; unuka intuthu sisi; awunafiga sisi.

Ake ngiqunge isibindi, nami ngime njengabo labo sisi, ngibone ukuthi ngeke ngiyithole yini le mali engiyifuna kangaka. Ngidinga imali yokuphindela emuva. Phela ngeke ngifele lapha. Uma ngingayitholi, kusobala ukuthi sizofela lapha nezingane zami.

Ngizumeke ngisalwisana nalesi silingo. Ngiphuphe ngizama ukuyithola le mali etholakala kalula nje lapha. Ngithi ngisukumela ukuyoma ekhoneni lami nami ngibonwe zinsizwa, lungishaye kakhulu uvalo. Inhliziyo yami sengathi ifuna ukubhoboza izimbambo, du! du! du! Ngihluleke ukuma. Ngizame okwesibili, kwale futhi. Ngiphelelwe amandla ngoba phela iyabhocobala inkomo elambayo. Indlala engaka icishe yangibulala!

Ngiqunge isibindi futhi. Ngizikhuthaze ngokuthi lezi zinja zilapha ebusuku nje ngoba ziyathayiza. Inja ethayizayo ayikhethi, idla namanyala.

Ngithandazele ukuthi uma nami ngingathathwa, kusasa sizobe sigibela itekisi eliya ePhuphuma nabantabami, sibuyele kuso isihogo esingumamezala ngoba neTheku lisehlulile.

Kulunge. Ngime nami ekhoneni lami, kodwa uvalo ludlala ngami manje. Amadolo ayaxega, kodwa ngime ngesibinjana njengosisi okuleli bhizinisi! Isikhashana ngimile ekhoneni lami, ngizwe sengathi ugogo owashona ungimemeza ekude le uthi, hhcyi wena, wenzani lapho? Umhlola wani lona owenzayo? Yini lena oyenzayo ngane yami?

Ngibanjwe yinzululwane ngokushesha. Kuthi fipha, emehlweni! Ngiwe, bhu, phansi!

Kuthi kusenjalo, abambe inhliziyo yami usathane, athi, sukuma wena silima ndini uthole le imali etholakala kalula kanjena! Thola le mali ngokushesha, uhlukane nalezi zinkinga zakho. Kusasa uzobamba itekisi owafika ngayo, ubhekise amabombo emuva.

Ifike qathatha kimi imbodla, ngiyithole le imali. Kodwa ayingijabulisi. Yini ejabulisayo ngemali enjena?

Ngiphathwe ikhanda elingishaya ngamandla. Sengiyazenyeza manje. Buka nje sengingene kula manyala ngenxa yokufisa ukuphuma kalula ekuhluphekeni okungikhungethe!

Ha! Lingehlisile bo, iTheku mntwana wabantu!

Kuvele omunye umbono. Ngibona uMampondo engigqolozele ngamehlo anolaka. Ngithi ngisabuka lokho, aphenduke ibhubesi eliza kimi likhamisile. Ngakhala kakhulu, kanti sengiyaphaphama njalo.

Nangu omunye walabo sisi basebusuku evela lapho uMampondo ngimphuphe eza ngakhona eyibhubesi. Ngabe ngisesephusheni? Hhayi, sengiphapheme manje, angiphuphi.

Ngezwa ngishaywa uvalo ngokushesha, lwangiheqa njengombani. Inhliziyo yagubhazela kakhulu, gubha, gubha, gubha! Ikhanda laqaqamba, nke, nke, nke! Ngaphathwa ukushisa okuyinqaba. Ngathi ngizama ukusukuma, ngabanjwa yisiyezi.

Lesi siyezi sangiqala ePhuphuma emva kokushaywa usisi omdala. Wacishe wangilimaza impela lo sisi, sekukaningi manje ngibanjwa yisiyezi. Kwenziwa ukuthi uthwele lo sisi. Yikho nje ngiphathwa yisiyezi esingapheli.

Afike ame eduze kwami lo sisi. Iziqholo zakhe ezinuka kamnandi zingithi mbo! Uqeda ukuzithela. Muhle bo, umntanomuntu! Mude ulaphaya, unefiga yomnyovu! Yona le figa esiyifisa mihla namalanga thina esesinomuntuza. Wo-hhee! Umendo ntombi! Ngabe ngisenefiga nami, yeka ngisabizwa ngomabhebeza, ngigonwe yisithandwa sami esimamathekayo.

Umile-ke lo sisi lapha eduze kwami. Ngiyazibuza ukuthi ufunani lapha ngoba phela yena ngeke awuswele umsebenzi eyindoni yamanzi enjena! Amantombazane amahle kanjena aqashwa kalula kulezi zikhathi.

Useduze nathi impela lo sisi yize umuntu ongambonanga efika lapha, angafunga ukuthi ungomunye wethu. Ngize ngithi ngenhliziyo, ngiyethemba sihlezi endaweni yakhe. Kuthiwa phela banezindawo zabo ofeleba laba. Uma usebenza lo msebenzi, awumi nje noma yikuphi lapho uthanda khona. Uma uthatha indawo yabanye, kukhala isibhakela.

Ngizwe leli phunga lakhe elimnandi selifika nephunga elibi. Leli phunga elibi liyasehlula manje lesi siqholo sakhe. Unukani? Ngabe uneququ? Mhlawumbe uyisipoki nje. Ngishaywe uvalo futhi manje. Ngibingelele kulo sisi. Angavumi. Ngicasuke, ngicasulwa nawukuthi ufike wama nje eduze kwami akangangibingelela nakungibingelela. Akwenziwa lokho lena kithi ePhuphuma.

Ngibingelele okwesibili. Athule futhi. Mhlawumbe yinkilimane nje, kodwa elihle kangaka! Ake ngimkhulumise isilungu, ngizwe ukuthi uzovuma yini, phela bakhuluma isilungu. Hhayi, ngeke mina ngimkhulumise isilungu, ngiwudlulise lowo mcabango. Baningi manje abantu abamnyama abaqubuka phansi njengamakhowe esesibakhulumisa isilungu noma singathandi. Yini bangafundi ulimi lwethu ezweni lethu? Bathi bazokhuluma kanjani nathi uma bengafuni ukufunda ulimi lwethu?

Ngibingelele futhi kulo sisi. Angavumi futhi. Ngiphinde futhi. Lutho ukuvuma. Angisale sengibingelela ngaso-ke isilungwana sami sasePhuphuma noma ngingasazi kahle nje. Kube sengathi uyangizwa, anginyonkoloze okomthakathi. Ngizwe ngishaywa uvalo futhi. Kusobala ukuthi useyanengwa manje yile nto yami yokumbingelela kaningi.

Kunginyanyise lokhu kungibheka kabi kwakhe. Woshi mame, angimyeke lo sisi oziqhenyayo nephunga elibi. Ngabe ucabanga ukuthi uma ngihluphekile nje ngizocela le madlana yakhe yokungcola? Angiyifuni.

Anginyonkoloze futhi, isikhathi eside. Ngikhophozele.

Bathathwe-ke abanye baze baphele. Kusale yena nje kuphela. Ngize ngibone ukuthi ukubakhona kwami nalezi zingane lapha kuphazamisa amakhasimende akhe. Simmise kabi.

Ngibe nesithongwana, lelele! Ngiphupha ngisemzini ePhuphuma. Ngiphupha leya mpi engisuke ngayo. Uma ngiqeda ukubaleka, uVelaphi, lo bhuti omdala obengihlupha, bambamba, bazama ukumpheqa intamo, kodwa uyalwa yini pho! Kubonakale ukuthi uyabehlula, kodwa bayaphikelela. Bamfuna phansi. Aphenduke inkabi enkulu, enamandla, enolaka! Iyabahlaba manje le nkabi. Ihlaba indoda iyiphonse le kwesokudla, enye iyiphonse le kwesokhohlo. Abaphambi kwayo ibahlabe baphonseke laphaya, basakazeke. Iyabehlula. Bayidedela. Yaqonda kimi ngqo, ngolaka olunjani! Ithe lapho ithi iyangihlaba, lowaya mkhulu wemoto owasipha ukudla wayivimba ngebhayibheli. Yama khona lapho. Yaphenduka uVelaphi futhi.

Ngiphaphame. Sengijuluke ngimanzi te! Kungenzeka ukuthi ePhuphuma sebefune ukhokhovula, kubizwa igama lami-ke lapho. Kusho ukuthi bangifuna phansi. Kodwa ngeke bangithole kalula. Kuzofuneka ngithandaze kakhulu. Umoya owehla eZulwini ungumanqoba, ududula konke okubi. Ngeke nje uhlulwe abathakathi basePhuphuma.

"Uyaphupha wena silima ndini sasemakhaya!" Kusho lo sisi omi eduze kwami." Sukuma ushaywe umoya. Kunini uphenduke umcaba lapho phansi!"

Habe! Uyakhuluma kanti lo sisi! Yini eyenza anyanye ukungibingelela? Lifike ngamandla leli phunga lakhe elibi. Liyangihaqa manje.

"Kunukani?" Ngimbuze.

"Uthini?"

"Awuyizwa yini le nto enuka kangaka lapho kuwe?"

"Kimi?"

"Yebo, iqaqa alizizwa ukunuka."

"Inuka lapho kuwe. Awuzwanga ukuthi usuzile!" Ephendula ngokuz-
iqhenya.

Nansi ingulube inginonela bo! Uyangazi nje lo sisi? Kuzoqhuma isi-
bhakela khona manje.

Ngihlukane naye. Kuthuleke. Libhokile manje leli phunga lakhe, ngize
ngivale amakhala, "Unukani kodwa wesisi wabantu? Ake uziphinde
ngalesiya siqholo sakho esinuka kamnandi. Unuka njengeqaqa."

"Awuzwanga ngithe usuzile? Ake usukume ushaywe umoya wena
silima ndini! Kunini ubhadle lapho phansi. Ubuvila lobu kusho
ukuthi umkhuba wakho. Ungumcaba wangempela."

Angimyeke lo sisi. Amagama akhe anzima. Anginaso mina isikhathi
sakhe.

Ngikhohlwe-ke nguye. Ngicabange usizi lwami. Ngithi lapho ngithi
ngizomcela ukuthi amele kujana nami, unginukela kabi, kuvele
kumemfuke izinsizwa eziqinile ezimbili. Naziya ziza ngokuziqhenya
okukhulu. Zihamba sengathi ziyathandana. Lo omunye ufake iwigi
yabesifazane.

Ngishaywe uvalo futhi. Ngabe ngisaphupha yini? Ngibhekisise futhi.
Ngempela obhuti ababili labaya abezayo, angiphuphi. Ngivale ame-
hlo, ngithandaze ngenhliziyo. Uma ngithi ngiyawavula, ngempela
naba lab' obhuti beza ngakithi belokhu bezithandanela nje, abana-
ki lutho, abafana baseMkhumbane engihlala ngizwa ngabo, iwona
ngempela lo Mkhumbane osemfashinini kule minyaka yenkululeko.
Amadoda nawo athi asekhululekile manje ukuthi angathandana.
Hha! Le nkululeko, kazi izintombi ziyogana kuphi?

Lab' obhuti bame buqamamana nje nathi, kubonakale ukuthi bafuna
lo sisi oseduze kwami. Kucace nakuye, azifuthe-ke ngesiqholo sakhe,
anuke kamnandi futhi.

Omunye walabo bhuti afike abingelele lo sisi. Asihogele isikhasha-
na lesi siqholo sakhe, maqede ancome ukunuka kwaso kamnandi,
"Your perfume smells good, babes." Kodwa lokhu kuncoma kwakhe
kuyabonakala ukuthi okomuntu oncoma ngoba efuna okuthile ku-
lona amncomayo. Ayibambe lapho nalo sisi. Amamatheke, kodwa
lokhu kwebhizinisi, kokuheha nje: *always smile to your customers!*

91

Abuze lo bhuti ukuthi uyawenza yini lo sisi amadabuli, *"We pay well, sweetie."*

Anikine ikhanda lo sisi. Akawenzi amadabuli. Ha! Izibi zaseThekwini.

Ancenge lo bhuti, usamoyizela okokuheha. *"Please, sweetie. We will double your normal price?"* Usamoyizela naye lo bhuti. Amazinyo akhe mahle, amhlophe qwa! Kodwa ubumnyama bakhe abukajwayeleki kuleli lizwe. Yilobu emandulo okwakuthiwa obomuntu okhuza izulu!

Kuphele ukumamatheka kwebhizinisi kulo sisi. Udumele manje. Akawafuni la makhasimende amfuna amadabuli. "Angiwenzi." Ahwaqabale. Ufuna lo bhuti ahambe.

"We will triple your price, luv?" Usancenga lo bhuti.

"Awungizwanga yini kanti wemuntu wabantu! A-ngi-we-nzi!" Washo kwezwakala manje lo sisi. Akasafuni ukuncengwa. Siyamdina lesi sicelo samadabuli.

"Still early, sweetie. We shall come back when you are desperate. Our offer still stands." Kusho lo bhuti edikila futhi embuka phansi lona ongancengeki. Ayamukele inselelo naye lo sisi. Anxaphe ngokuzikhukhumeza kweselesele, maqede abheke lo bhuti ezinyaweni. Mina ngibheke lo sisi emehlweni ngokumangala. Anginxaphele, maqede angifulathele. Uyabona ukuthi ngimangazwa yilokhu kuziphakamisa kwakhe okungaka, kodwa ebe esebenza lo msebenzi onjena.

"Kanti ufunani lapha mntanomuntu uma uphoxa le nsizwa ekufunayo?" Ngimhlabe inhliziyo ngabomu. Ngiyaziphindiselela nami manje. Kudala engiphoxa. "Noma ulinde ikhasimende lakho elihamba ngemoto kanokusho? Woshi, mame! Niyenza kalula bo nina imali lapha eThekwini ntombi! Thina siyisebenzela kanzima lena emakhaya."

"Ungangibhedeli wena silima ndini. Leli khanjana lakho ligcwele intuthu yasemakhaya ngiyakubona. Ubokhuluma into oyaziyo."

Anginandaba noma engangibiza ngesilima, ngimehlisile.

Lo bhuti ophoxiwe ahambe, uma efike esithandweni sakhe, bahleke kakhulu. Kuhlekwa lo sisi onqabe idabuli yabo, bamthunaza ngabomu. Bamjivaze ngale nsini yabo kuze kuzwele nakimi, ikakhulu-

92

kazi uma bemkhomba njengento ehlekisa kakhulu. Kubuye kufike kimi into ethi bayamlaya, uphakeme kakhulu, "Baze bakuhleka kabuhlungu bo, mntanomuntu! Kanti ngempela ufuna amakhasimende anjani?"

Anginxaphele, maqede ahambe. Useyadikila. Kufike imoto enhle yosisi obukeka ezingela lapha naye. Avule isivalo ngokuzethemba lo sisi wemoto kanokusho, angene phakathi lona ohlekwayo, idume imoto, nabaya! Uma iduma ngamandla le moto kanokusho, ngenkathi ishintsha amagiya, bahleke kakhulu lab' obhuti ababili kube sengathi nabo bashintshwa amagiya. Kufike into ethize kimi: Hawu, kodwa kujwayelekile nje ezindlebeni zami ukuhleka kwalona omunye ubhuti. Ngake ngakuzwa kuphi lokhu kuhleka kwakhe? Yini lena engishayisa ngovalo ngalokhu kuhleka kwakhe? Mhlawumbe kwenziwa yizipoki zalapha. Ngabe yisikhathi sazo manje? Mhlawumbe kwenziwa ukuthi izolo ngilale ngingalele, ngibuye ngiphathwe yilesi siyezi esesingibamba njalo nje? Ngifikelwe yisifuthefuthe esinamandla.

Avuke lo mfanyana wami. Uvuswa yilokhu kuhleka kwabo. Ahlikihle amehlo, maqede athi kimi, "Ubaba usefikile, malo? Usefikile? Uhleka kuphi? Nguye lo ohlekayo?" Aqalaze, aqalaze.

Ngibanjwe yisiyezi futhi. Ngiyafa phela manje yilesi siyezi. Ngiphaphame sengathi ngisephusheni. Ithini le ngane? Ivuke, vuthuthu! Isubathe ngejubane iye kulo bhuti othwele iwigi, "Ha! Nangu ubaba! Ubaba! Malo, nangu ubaba!" Ifike izijikijele kuye, imbambe ngqi! Imilenze yomibili ihlangene. Imnamathele impela. "Ha! Ubaba! Ubaba!"

Kwenzekani lapha? Angimboni kahle lo muntu obonwa yile ngane. Yini ithi ubaba wayo loya muntu? Isangene yini le ngane?

Ngithi ngisambhekisisa lo bhuti ngokunqundeka kwamehlo, ayikhumule le wigi yakhe, ayitshinge phansi. Uyilahla nje ngomuntu othweswe into angayithandi, angafuni ibonwe ngabantu abangafanele ukuyibona. Ngimbone kahle manje. Habe! Nguye ngempela umyeni wami lo othwala amawigi eThekwini. Hawu! Nguye nezinqotho. Ha! Izibi zaseThekwini.

Nanguya umfana wakhe usamnamathele. Akasajabule nkosi yami umfanyana wami! Ngijabule nami. Zibuye izinyembezi zami, zigeleze. Ha! Amahlathi aphelile manje. Nangu uThabiso wami eza kimi. Uza kimi nomfana wami. Ngijabule! Kuthi angigijime ngiyoziphonsa kuye, ngimange kaningi, ngentokozo, kodwa kwale. Ikhona into engibambile.

Afike abingelele uThabiso wami. Ngithi ngiyavuma, ngehluleke. Usevukile noNonoza manje, usadidekile nokho. Ngivele ngibindwe yisidwa. Abingelele futhi uThabiso wami. Ngizame ukuvuma, kodwa akuvumeki. Ngimbheke ngimuthi njo, ezinhlamvini zamehlo! Angishalazele uThabiso wami. Athi lapho ethi uzama ukungibheka, nami amehlo akhe angihlabe kabuhlungu. Ngikhophozele. Amehlo ethu angabe esahlangana!

Ahlale eduze kwami, kodwa esabe nokungithinta. Into nje engiyizwa ngamandla kuye, yisiqholo sakhe sikanokusho. Unuka kamnandi uThabiso wami bandla, yimina nje engiphoxayo ngokunuka intuthu yasemakhaya. "Ngisuke ngokubaleka phela kini ngenxa yomfowenu obengifuna phansi naphezulu, yingakho nje ngigqoke amaphinifa anuka intuthu."

"Ngiyezwa sthandwa sami." Emuva kwalokho, angibingelele futhi uThabiso ngezwi elimnandi, elingincengayo manje, kodwa elingijabulisayo. Nkosi yami, washo uThabiso wami ngathobeka inhliziyo, ngaze ngakhumbula sisakhelelana izimbali ezinkwazini zemifula yakithi. Yiyo le nto ebengiyilindele ukuthi izokwenzeka uma engibona. Uthando.

Kwehla izinyembezi zothando, izinyembezi ezigeza usizi lweminyaka ebusweni bami.

Kodwa umoya wami ubuye ukhubekiswe yilesi sithandwa sakhe. Sisakhexile laphaya asishiye khona. Umuntu wakhona umi sengathi ngumthakathi obanjwe yizikhonkwane zomuzi okukudala ephuma engena kuwo uma ethakatha khona. "Yini ngaloya bhuti? Akahambi ngani?" Kwavuleka kahle manje ukukhuluma kimi.

Angiyitholi impendulo. Inkukhu inqunywe umlomo kumyeni wami. "Akahambi yini loya bhuti?" Akangiphenduli futhi umyeni wami. "Usalindeni manje lo muntu wakho?" Kwathi angikhiphe inhlamba ezogwaza lesi sithandwanyana sakhe ekujuleni kwezibili zaso, bese ngikhwela kuso ngezibhakela, buchitheke bugayiwe, ngikhumbule amagama aloya mkhulu, ngizibambe. Uma utheleka nje endleleni uya endodeni, uzofika lapho ihlala khona kusabeka, kumahliphih-liphi. Uma ufika kunjalo, ugwinye itshe malokazana, umendo unzi-ma. Ha! Umendo! Bengithi sengibubonile bonke ubunzima bawo, kanti lutho. Namhlanje ngibanga indoda yami nenye indoda. Nansi ikhexile lapha phambi kwethu. Ngabe ayiboni yini ukuthi isikhathi sayo sesiphelile?

Ngiphinde futhi kumyeni wami, mhlawumbe akezwanga kahle. "We baba wezingane zami, phela tshela lo muntu wakho ahambe manje. Akaboni yini ukuthi wena unenkosikazi nezingane? Mtshele aham-be lapha, uyisikhubekiso!"

Ha! Izibi zaseThekwini.

Wathi uzama ukungiphendula umyeni wami, wangingiza, angan-gamuzwa nje ukuthi uthini.

"We ndoda ndini, hamba lapha ngingaze ngikushaye! Lona ung-umyeni wami manje. Loya gogo wasePhuphuma wathi indoda iyalwelwa. Namhlanje indoda yami ngiyitholile, ngisafunani pho okunye? Ngizokushaya khona manje uma unenkani. Hamba! Ham-ba! Le nkoshane!" Ngasukuma. Uzongibona kahle lo muntu.

Wahamba dade. Nanguya ehamba ejeqeza! Bengithi uzoba nenkani, ngibone sesitholana phezulu, sibanga nje indoda yami.

Ngithi uma ngibona ukuthi uhambile ngempela, ngihlale phansi nomyeni wami. Ngizwe ekujuleni kwehliziyo yami ukuthi usathane ngimehlulile manje. Kodwa ngisenenzululwane. Ngizitshele ukuthi angibekezele ngoba manje sesifikile ekugcineni. Ngizwe umye-ni wami ethi, "Ngiyaxolisa ngokwenzekile, nkosikazi. Okuningi ngizokuchaza kahle sesisekhaya. Ngifisa sibuyele ekhaya, siyoqala impilo yethu kabusha."

"Uthi siqale kabusha futhi? Ngabe ngeke yini usabuye ungibalekele?"

"Asiyoqala impilo yethu kabusha lena ePhuphuma, hhayi lapha eThekwini." Washo kwezwakala uThabiso wami ukuthi ngempe-la uzimisele ukuthi siqale impilo yethu kabusha. Kudala ngikufisa lokhu.

"Sengikhathele ukuhlala emizini yabantu. Angiphindeli kulesiya si-hogo owangishiya kuso. Kufanele sakhe umuzi wethu manje, nami ngithokoze, nginethezeke, ngibe yinkosikazi emzini wami."

"Kuzokwenzeka maduze nje lokho, nkosikazi. Kusasa siyagibela, siya ePhuphuma."

Nembala, ekuseni sabamba itekisi eliya ePhuphuma nezingane zami. Zijabule zingqabashiya zibona uyise! UNonoza wami angawuvali umlomo, clokhu ethi, "Ngiyobona ugogo ekhaya." Nkosi yami! Ukuba sasifana nezingane, ngabe asikho isihogo emhlabeni! Isihogo salowo gogo wakhe ngeke ngisikhohlwe ngisaphila! Ha-a-a! Umhlaba! Noma unjalo lo mhlaba kwabanye bethu, kodwa nginesiqiniseko sokuthi ekugcineni ngizofika nami enkululekweni. Ngizofika ngichanasa, bese ngibatshela bonke abangonayo: "Lalelani lapha! Sengifikile manje! Lesi yisikhathi sami!."

Printed in the United States
By Bookmasters